Brita Steinwendtner: Rote Lackn

Brita Steinwendtner

Rote Lackn

Roman

Haymon

Umschlag: Benno Peter unter Verwendung
einer Graphik von Alexander Steinwendtner

Die Deutsche Bibliothek - CIP-Einheitsdienst

Steinwendtner, Brita:
Rote Lackn : Roman / Brita Steinwendtner. - Innsbruck :
Haymon-Verlag, 1999
ISBN 3-85218-285-9

Satz: Haymon-Verlag
Umschlaglitho: Gramont, Innsbruck
Druck und Bindung: Wiener Verlag, Himberg bei Wien

Für W.

Rote Lackn nennen die Kinder den Teich im hohen Tal unter den Bergen.
Rot ist das Wasser in der Hitze des Sommers.
Rot unter dem Eis in den Monaten der kurzen Sonne.

Sogar im schönsten Spiel meiden die Kinder den Ort. Nicht an seinem Wiesenufer waschen sie das Stechen des Heus von der brennenden Haut, nicht im Schatten seines Haselgebüschs suchen sie Versteck und verbotene Berührung. Kein Kiesel versinkt im Kreis. Keine Schlittschuhe kratzen Linien im gebrochenen Spiegel des ansteigenden Steins.

Nur Fremde kühlen ihre Füße im Teich, wund von langer Wanderung entlang der Markierungen von Nord nach Süd, von Ost nach West. Sie wissen nichts von den Marschschritten des Heeres, nichts von den Galgen, den Schwertern, dem Messer, dem Schrei. Rote Spur durch die Jahrhunderte.

I

Ich war ein Kind, das nicht in der Roten Lackn spielte.
Ich war ein Kind, das Angst hatte.

Noch bevor ich den Schulweg ging durch die Wiesen am Teich, hörte ich die Erzählungen aus der Zeit der Bauernkriege, der Konfessionskriege, der Eroberungskriege, der Vernichtungskriege, der Rassenkriege. Der Kriege. Da drüben hat man sie gehängt, die Rädelsführer, auf dem Hügel über der Roten Lackn.
Da hingen sie.
Da hängen sie.
Da schnitt eine junge Frau ihren Liebsten vom Seil und stach ihrem Kind das Messer ins Herz und stach es in ihr eigenes. Und über Nacht war der Teich rot.

Die Wege queren die Hänge. An der Nordseite, wo der Schnee lange liegt. An der Südseite, wo die reicheren Höfe stehn. Gewundene Wege über die Hänge hin, hinaus, hinab, den grünen Fluß entlang, der sich aus den Karsthöhlen des Gebirgsstockes speist.

Weg durch Gehöfte, durch Dörfer, Märkte, durch die Stadt. Weg durch Wälder, Wiesen, Felder, vorbei am Narrenturm, entlang der Schienen, der getriebenen Räder, der Kanäle, der Schmieden, der Fabriken. Weg der Menschen, der Erinnerungen, die erwachen, wenn man sie totsagt.

Weg der großen Geschichte und der kleinen Geschichten.
Weg durch eine Talschaft.

Lose in die größeren Streuhöfe eingebunden, stehen sie oft ein wenig abseits, die meist nur zwei- oder dreizimmrigen Häuser mit den kleinen Fenstern. Sie sind den Alten zugedacht, wenn der Hof an die Jungen übergeben ist. „Austraghäusl" nennt man sie im Tal der Roten Lackn.

Aus-tragen, etwas zu Ende und fertig. Die gichtigen Glieder, die gekrümmten Rücken, das Kommen und Gehen, die Zeit, die zerreißt wie der Faden der immer dünner werdenden Tage. Austragen das Lied und das Leid eines Lebens.

Ein Koffer stand in unserem Austraghäusl über dem roten Wasser. Rauhleder, abgegriffen. Nicht groß. Ich ließ ihn in seiner Ecke. Ich mied ihn. Ich vergaß ihn. Einmal, viel später, irgendwann, stand das vergessene Bild vor mir: der Tränenblick meiner Mutter, als sie das Köfferchen zwischen zwei alten Matratzen im Mansardeneck versteckte.

Schatten berühren die Mitte der Erde.
Die Türklinke aus Holz ist eckig.
Von draußen der ferne Strahlton des Brunnens.
Verlorene oder erdachte Fährten.

Es kam, wie es war bei vielen. Die Briefe meines Vaters. Eines Vaters. Gefallen in den Nebeln eines Novembers im großen Krieg. Im Glauben an ein Feld der Ehre, an einen

Gott, einen Führer, einen Sieg. Die Briefe eines Toten und derjenigen, die ihn liebte. Eine Geschichte, die oft geschrieben wurde. Es ist nicht diese Geschichte. Aber der Satz einer jungen Frau. Im letzten Brief, der ungeöffnet zurückkam ins Austraghäusl an der Roten Lackn. Mit dem roten Stempel *Gefallen für das Vaterland.* Der Satz:

... wann ist es endlich genug?

Sie starb nicht am Messer, aber still nach Jahren, ließ zwei Kinder als Waisen.

Ja, es ist Frieden, schon lange.
Und ich gehe unbehelligt die Wege entlang an den Hängen der Talschaft, kehre da ein und dort, im Jetzt und im Damals, und die Tage sind wie alle.

Das Rot sickert sanft durch das Leben.

Nichts ist so still wie die Stille am Hof zu Mittag. Die Sonne steht hoch, unter ihrer Hitze ist gut schlafen. Die frische Mahd vom Morgen wird dürr und leicht und verströmt im Sterben ihren Duft. Der Mostkrug unter dem Birnbaum leer, ein Heuschreck schützt sich in seinem Schatten. Der Hund döst auf dem kalten Stein, im Stall das Dunkel und das vereinzelte Schnaufen der Rinder zwischen Wiederkäuen und Rast. Kein Ruf nach den Kindern, kein Klappern von Geschirr, die Sensen sind gedengelt. Das Wasser des Brunnens fließt leiser, der Strahl zersprüht in den Farben des Regenbogens.

Zwischen Schlaf und Wachen liege ich in der Mansarde, sehe das Spiel der Sonnenringe auf den rotkarierten Vorhängen. Die Rosse schrecken mich auf: Wenn sie vom Grasweg auf die steinige Straße kommen, hört man sie von weitem. Der Leiterwagen ächzt, das Kummet klirrt. Der dicke Schatthof-Nachbar-Franzl, schwarz das Haar, dunkel die Haut, sitzt auf dem Bock, hebt mich zu sich, beim Brunnen bleibt er stehen. Schön sind die zwei mächtigen, leeren Fässer auf dem Wagen, außen rauh und grau schattiert, innen glatt und rehbraun glänzend.

So, kein Wasser, sagt der alte Luger-Bauer, als er endlich kommt. Franzls Stimme ist dünn und hoch, seinen Rücken macht er krumm, fast rutscht er aus auf einem Hühnerdreck. Neun Wochen kein Regen, kein einziger

Tropfen, die Quelle ist still, die Zisterne leer, die Rote Lackn fast trocken. Nur die zwei Fässer voll, der Vater tät' schön bitten...

So, sagt der hager-große Luger, dem das steife Bein nichts von seinem Stolz zerschlagen hat, kein Wasser also bei euch. Und bevor er zurückgeht ins Haus, wirft er dem Buben ein paar Worte hin. Der wird immer kleiner, als müßte er sich bücken danach.

Der Schatthof-Nachbar-Franzl, dessen Großeltern erst, wie ich später erfahre, aus dem Süden, aus dem Windischen, in dieses nördliche Tal von Blonden gezogen sind, füllt die Fässer mit frischem Brunnenwasser, schaut mich nicht mehr an, steigt auf den Wagen, schlägt die Zügel auf die schweißnassen Rücken der schweren Norikerpferde.

*

Der Weg zum Schatthof steigt vom Luger, der selbst schon hoch über dem Dorf liegt, noch einmal an. Er zieht sich durch die Waldschlucht, hinauf zum Farnriedl, dann erst kommen die steilen, zum Teil sumpfigen Wiesen des Hofes. Der Neuschnee macht sie sanfter. Ich stapfe in den Spuren meiner Mutter, den kleinen Nachkriegs-Hamsterrucksack unter dem Wetterfleck. Wir haben keine Schatten. Um diese Zeit kommt keine Sonne über den Berg, nur ein blausilberner Schimmer liegt über den Kristallen. Manchmal blitzt einer auf im Widerschein von etwas anderem. Wie geborgtes Licht über dem Gehöft.

Das Wohnhaus in die Mulde geduckt, Stall und Tenne ein Stück entfernt im Geraden. Zu Mariä Lichtmeß erst ein heller Streifen über den Dachgiebel hin, dann über den Holunderbusch im Vorgarten und wieder ein paar Tage später am Stubenfenster vorbei.

Die Worte gehen seltener um diese Zeit von einem zum andern, die Hände sind müder, die Milchkannen schwerer, die Gedanken haben sich eingenistet in den Schattenfugen. Die Zeiger der Zeit drehen woanders ihre Kreise. Drüben, auf der Sonnseite vielleicht, oder droben, wo der Habicht pfeift, langgezogen, doppelt hörbar in der Kälte.

Da bleibt was frei für das Brotbacken. Da gibt es einen Laib für uns. Am Schatthof haben sie nicht viel, aber sie geben gern. Das ganze Haus im Duft von Sauerteig. Eine junge Frau mit ihrem Buben ist zu Besuch. 's Marieli wird sie von ihrer Mutter genannt, der Sennerin Franziska, einer Verwandten des Schatthofbauern. Schön und dunkel ist sie. Im Gewölbe des Vorhauses steht der Holztrog mit dem Teig. Kinderhände im Weichen, Warmen. Kneten und Quatschen zwischen den Fingern, Fäden ziehen bis zum Riß. Abklopfen die Rundung der geformten Masse. Bestreichen mit Wasser. Dann warten. „Gehen lassen".

's Marieli singt mit uns Lieder in der Stube. Traurig ist ihre Stimme und traurig die meiner Mutter. Und Polenland ist abgebrannt, aber eigentlich ist das bei uns, nur die Gräber sind weit, weit weg. Im Novemberschlamm des

Ostens liegt das meines Vaters. Aber ein Birkenwäldchen muß drüber stehn, sonst kann ich es mir nicht vorstellen. Und die Blätter werden gelb und fallen.

Formen der Laibe. Und wieder gehen lassen und wieder warten. Wohin und wie lange? Ins Größere und auf andere Zeit? Schwere Buchenscheiter in den Backofen, Hitze, Rot und Marielis heiße Hände, als sie meine Zöpfe zurückstreicht. Langer Schuber, glatt der Stiel, dünn das Eisen, von dem die Laibe auf den engen Rost über der Glut rutschen.

Der Laib wärmt meinen Rücken durch den Rucksack hindurch, als wir gehen. Der dicke, dunkle Franzl hockt vor der Tür. Er lacht und redet. Er glänzt die schwarzen Schuhe. Morgen kommt der Graf zur Inspektion. Dem Grafen gehört nicht mehr viel im Tal seit dem Ersten und fast gar nichts mehr seit dem Zweiten Krieg. Ein paar Waldstriche, eine einzige, wildarme Jagd jenseits des Kammes und die Villa mit den Kletterrosen bis zum ersten Stock. Und der Schatthof, der gehört ihm noch. Den haben die Windischen pachten dürfen, weil er und die Parteiorganisation niemand anderen gefunden haben, damals.

*

Wir zogen in die Stadt an der Mündung der Talschaft, dort, wo sich die Spur des hellen Flußgrüns verliert in einem dunkleren, mächtigeren. Wir kamen nur mehr selten ins Austraghäusl. Meist zur Ferienzeit: Weihnachten, Ostern, die langen Sommer.

Rot die Rote Lackn.
Manchmal gingen wir den Weg durch die Waldschlucht zum Schatthof hinüber, wie immer; besuchten, begrüßten, gut, ja, danke, es tut's schon.

Dann kam die Zeit, da ich glaubte, Leben beginne jenseits, draußen, irgendwo. Und als ich wiederkam, selbst Kinder hatte, sie das Spiel der Sonne in den ausgebleichten Mansardenvorhängen entdecken sah, war der Franzl längst schon Schatthofbauer geworden, hatte eine Bauerstochter aus den Tauern geheiratet – Tauern, das ist was Urgesteiniges, sagte er, nicht so was Brüchig-Kalkiges wie da –, aus der besseren Keusche hatten sie einen stattlichen Hof gemacht, ich staunte, zwei Mädchen und drei Buben waren da, wir lachten...

Die Schatthofbäurin steht im Gemüsegarten an der Südseite des Geräteschuppens, vom verwitterten Grau des Holzes strahlt die Wärme ab. Sie schneidet Salat und zeigt mir ihre Erbsen, Bohnen, Karotten und Rauner, ihren Kohl und den Kren und das Kraut – der Franzl soll kein Fleisch essen und kein Fett – und am Rand die Gurken, die aber in diesem Sommer bitter schmecken. Versuch es mit Zucchini, sag ich. Und gleich geht sie, kommt mit dem Katalog zurück, füllt den Bestellschein aus. Ihre Augen sind wie frisch beregnete Erde. Sie steht da, lacht, jätet, schneidet, erzählt, als ob wir vertraut wären seit langem. Sie weiß um sich und wie alles so geht vom Morgen zum Abend und wie der Atem der Nacht wechselt in das drängende Muhen der Kühe vor dem ersten Melken. Auf zwölf haben sie es inzwischen gebracht, neun Stück Jungvieh, acht Kälber, vier Schweine, der Zweitjüngste zieht Hasen, auch Honig und Most verkaufen sie, der Graf ist zufrieden.

Die Alm ist bewirtschaftet, Franziska ist eine tüchtige Sennerin, bringt Käse, Heidelbeeren und Pilze ins Dorf. Maschinen würden sie brauchen, der Franzl verwendet mehr Zeit zum Reparieren des alten Traktors als zum Arbeiten damit, einen Ladewagen, wenn's ging, einen kleinen nur, für die ebeneren Wiesen, vielleicht, ja vielleicht halt eine Melkmaschine, die Kräfte lassen langsam nach, das Kreuz tut weh, die Hände... Aber so viel trägt der Hof nicht, sagt der Graf, der immer noch so tut wie ein Herr, wie ein Herrenmensch aus den Büchern auf dem Kasten seines Jagdhauses.

*

Der Weg übersät mit Mostbirnen. Ich hebe ein paar auf, sie sind weich, innen braun, der Augenblick, in dem die Säure in Süße umschlägt. Viele verfaulte dabei, drüben in der Kälberweide unter den Apfelbäumen alles zertrampelt. Am Sandhaufen, der vom Ausbessern des Stalls übriggeblieben ist, spielt der Jüngste, sonst ist alles still. Drinnen in der Stube finde ich die Schatthofbäurin. Sie nimmt Socken von den Ofenstangen, prüft sie auf Löcher, legt sie zusammen. Sie erschrickt. Nein, Leute kommen kaum welche. Der Franzl ist im Krankenhaus, wieder einmal. Vier Wochen schon und noch zwei. Ja, die Kinder helfen brav, aber die Regina arbeitet bei der Seilbahn, der Karl lernt Elektriker, der Matthias fängt bei der Post an.

Die Nachbarn doch? Der Luger und der Hintermooser? Seit dreißig Jahren nie, nichts. Die helfen keinem, der nicht hergehört.

Und der Graf?
Sie hebt die Schultern, setzt sich auf die Ofenbank, streicht die Socken glatt und die Stutzen und schaut sehr fest auf ihren Schoß. Das jüngere der Mädchen kommt herein, streichelt die Katze, möchte ein Butterbrot. Abendrot – Schönwetterbot, sagt die Bäurin, als sie wieder kommt, und versucht, meine Beunruhigung auf die Schönheit der Berge zu lenken, auf die Gipfel und Grate, die in den kleinen Fensterrahmen stehen wie eine Verheißung, ich weiß nicht, wozu. Jene Berge, derentwegen die Fremden ins Dorf kommen und die auch der Dachau-Flüchtling damals immer angeschaut haben soll, sagt sie. Einen Zacken hat er gesehen durch den Spalt in der Bretterwand seines Verstecks oben auf der Alm, aber das war lange, bevor sie ins Dorf kam, und niemand will mehr darüber reden. Ja, die kann man immer anschaun, die Berge, aber oben war sie noch nie. Die Arbeit. Die Kinder. Nächsten Herbst, vielleicht...

Die Stubenfliegen summen leise. Eine rennt über die Tischplatte, andere suchen das Licht, surren die Scheiben auf und ab. Auf den Fensterbrettern in den Blumentöpfen das vielfache Rot der Knollenbegonien, üppig wie immer, die Schatthofbäurin kennt die Seele des Wachsens. Das ganze Haus in Blumen geborgen, zwischen Wiese und jährlich neu getünchter Kalkwand Lupinen und Phlox, Stockrosen und Reseden, Rittersporn und Mädchenauge, Zinnien, Astern, Kaiserblumen und Levkojen.

Als sie in der Küche Feuer macht fürs Abendbrot, sehe ich, daß ihre Bewegungen seltsam eckig sind, wenn sie Schweres hebt. Die Hände, gibt sie zu, immer diese Schmerzen, die von woanders kommen, irgendwo von innen: das Melken eine Qual, das Tragen der Milchkannen ein Ziehen, das Heurechen, das Ausmisten fast unmöglich, und nachts schlafen die Hände ein, wie tot. Die Spritzen vom Doktor nützen nichts. Ins Spital, später, ja, wenn der Franzl, wenn die Kinder... Es geht schon vorbei, sagt sie, drängt sich zu einem Lachen und zeigt mir ihren Korb voll Zucchini in der Speis, packt mir welche ein, gibt einen halben Laib Brot dazu, einen der letzten, ab jetzt wird auch sie beim Bäcker-Ferdl kaufen. Sie geht hin und her über die sauber geriebenen Bretter des Lärchenbodens, ihr Schritt hat Maß, da könnte Hoffnung sein.

Am Heimweg noch trage ich ihr Bild in die dunkelnde Silhouette der Berge hinein, wie sie unter der Haustür steht, etwas vornübergebeugt, beide Hände auf die rechte Seite des Bauches gelegt. Ich hör immer die Tür hinter mir ins Schloß fallen, hat sie gesagt.

Die Minze riecht stark in der Nähe der schwach rinnenden Quelle. Das Farnkraut legt sich gelb in die Kühle.

Nach der Waldbiegung bleibt es finster. Den Zeitungsausschnitt, in dem die mißglückten Börsenspekulationen der Grafensöhne und ihre fehlgeschlagenen Grundstückgeschäfte im Osten beschrieben werden, trage ich nach Hause, ohne ihn der Schatthofbäurin gezeigt zu haben.

Aus der vergrößerten Pension des Lugergutes fällt Licht aus vielen Fenstern.

*

Graubraun apern die Wiesen. Weiße Krokusse in der Feuchtigkeit des schmelzenden Schnees, da und dort ein lilafarbener darunter. Der Geruch von Erde, von Aufbrechen. Von den Schneeflecken her ein kühler Wind. Nach der Waldschlucht, zum Schatthof hin, noch eine dünne, geschlossene Schneedecke. Jenseits des Tals, auf der Sonnseite, schieben schon die Knospen der Wildkirschen an, haben die Lärchen einen grünen Schleier. Die flacheren Wiesen beim Schatthof sind frisch geadelt, das Braun stumpf hineingesaugt in das Tauen.

Von weitem schon sehe ich ihn auf der Leiter an einem der Zwetschkenbäume stehen, die den Weg säumen. Er putzt mit einer Drahtbürste die Äste, schabt Moos und Flechten herunter, das sieht man im Dorf sonst nirgends mehr. Franzls Gesicht ist prallrot, wie immer, wenn er sich nicht hält, wenn er raucht, Most trinkt und Speck ißt. Wenn er daheim ist und das als Zuhause empfindet und nicht den gehetzten Pächterblick auf die Dinge hat, die er hegt und die ihm nicht gehören.

Er lacht sein tiefes Lachen, bei dem es den ganzen, breiten Oberkörper mithebt und -senkt und es in der Kehle rasselt. Nichts Besonderes, sagt er, weder bei ihm noch bei ihr; ihr Befund nach den drei Wochen Krankenhaus – sie war jetzt endlich dort – kommt zum Dorfarzt, dem Perser, die kennen sich sowieso alle miteinander nicht aus und das hätt' alles noch Zeit und im Hundertjährigen Kalender wär' ein gutes Jahr angesagt, und das will ich mit ihm glauben, und wir schwatzen in die rippige Frühlingsluft hinauf, als ob das Wachsen von unten uns größer machte und leichtsinniger und uns Worte verliehe, die uns Zuversicht geben.

Zwei Jahre später, beim Dorfmusikfest, ein neuer Pavillon für die Kapelle und den Fremdenverkehr, da steht sie neben dem Kriegerdenkmal an die Mauer gelehnt, schmal, so viele Menschen am Platz, kaum einer redet mit ihr. Sie war schon lange nicht herunten im Dorf, sagt sie, aber der Zweitjüngste, der Seppl, spielt Trompete, das will sie hören, fesch in seiner Tracht, nicht, in dem braunen Loden mit den blau-lila Aufschlägen... Der Franzl, na ja, im Wirtshaus vorn, die zwei Töchter drüben beim Abzeichenverkaufen, die andern zwei Buben, Männer fast schon, dort, schau, der Karl hat die Meisterprüfung...

Wieder dieses Weglenken, Zudecken, Reden, um nicht gefragt zu werden. Das laute Schlagen mit dem Dreschflegel, um das Wimmern im Haus nicht zu hören.

Der Leib ihres Dirndls sitzt locker, die rechte Hand hält

sie in der Tasche des Kittels unter der Seidenschürze an den Bauch gepreßt, und als der Kleinste kommt, dieses Inbild eines Kindes, schwarz die Haare, dunkelknöpfig die Augen, fest und wendig, verwöhnt wie alle Jüngsten, als er kommt, um ein paar Schillinge für ein Eis zu erbitten, das dritte schon, da ist's, als ob keine Kraft mehr in ihr wäre für irgendein Nein oder irgendein Ja.

*

Zu spät. Alle im Dorf reden davon. Viel zu spät, der ganze Bauch schon, warum ist sie nicht früher gegangen, der Mann, die Kinder, der Hof, ein Hof ohne Bäurin, ja sicher, aber trotzdem. Ein Jahr noch, wenn's gutgeht, oder zwei, oh Gott, und jeder geht an seine Arbeit, die Wintersaison ist schlecht unter dem verhangenen Himmel, geht, als müßte er die vielen Steine aus den neuen Pisten klauben bis morgen früh, bis das Eis aufbricht auf der Roten Lackn.

*

Hinter dem Gemüsegarten, hinauf zum Waldrand der Erdäpfelacker, nicht groß. Aber zu groß für eine, die sich bei der Ernte nicht bücken soll, die nicht heben darf und nicht tragen. Der Kleinste springt über die umgebrochene Erde, schmeißt Erdäpfel in die Luft. Der Trompeter-Seppl, der als Vierzehnjähriger schon der Bauer ist, der mit dem Vater ins Holz geht nach der Schule, den Stall macht und die alten Maschinen repariert, schleppt die vollen Säcke zum Traktor. Der Schatthofbauer steht in den Furchen, schwer und wie eingewachsen. Die Schatthofbäurin dagegen wirkt flink und leicht, und wie sie mich den Weg heraufkommen sieht, hält sie inne, lächelt fast erleichtert: vorbei, überstanden, ja, jetzt wisse ich's. Ihr Gesicht ist jungmädchenhaft, rosiger als all die Jahre zuvor, was reden die Leute denn, es wird, es muß wieder werden.

Auf der Hausbank später, ihr Blick wie sonst oft auf die Berge gerichtet und sie durch eine runde Handbewegung aus der Ferne in das Vertraute des eigenen Eingefriedeten holend: Gemüse, einfach viel Gemüse. Da habe sie die Hand dafür. Und unten im Dorf verkaufen. Ungewohnt schnell kommen ihre Sätze: Weniger Kühe, um vier oder fünf, doch den Stand, den sie übernommen haben vor mehr als fünfundzwanzig Jahren, den müssen sie halten laut Vertrag. Und Fremde, wie alle in der Gegend. Aber das Wasser. In heißen Sommern zu wenig und in der Qualität nicht gut genug für die Prüfung der Fremdenverkehrs- und Wasserrechtskommission. Geld für die Pumpe und die Leitung von der anderen, weit entfernten Quelle her ist nie übrig. Aber die zwei Zimmer, die jetzt leer sind, sind sonnig und haben einen schönen Blick. Und im roten Teich drüben könnten die Fremden baden. Es wird alles gehen, irgendwie halt, irgendwie... und sie macht eine kleine Faust und schlägt auf ihr Knie. Den Rücken lehnt sie steif an die Hauswand, die gelbe Flecken hat.

Der Schatthofbauer rührt in seiner Milchsuppe, zündet eine Zigarette an der anderen an, sagt nur: Ja. Ja, ja. Und wie sie kurz aufsteht und drinnen etwas schafft, reißt er mich herum: Wie denn, wie? Ein Hof mit zwölf oder acht

Kühen und buckligen Wiesen, wie soll denn das gehen? Einer Bäurin, die sitzen und liegen sollt und der 's Brotschneiden schon weh tut, was soll denn da das Gemüse und die zwei Fremdenzimmer...? Die großen Kinder aus dem Haus, die sollen ihr eigenes Leben haben, ein besseres als wir. Und die Franziska arbeitet im Narrenturm und 's Marieli ist schon lange tot und ihr armer Lukas auch. Die Caritas-Hilfe, wenn er eine kriegen tät, dürft nicht mit ihm unter einem Dach schlafen, wenn die Bäurin wieder im Spital wär, die müßt zum Nachbarn gehn über Nacht, zum Luger hinüber, der tät höchstens lachen.

Und sonst, irgendwer aus dem Dorf?
Pah. Kein Nachbar, kein Göd. Schert sich niemand, wenn's um die Windischen geht, kein Pfarrer, keine Sau. Kehrt jeder nur den Geld-Mist vor der eigenen Tür. Der neue Traktor, ja, dort steht er, nach wer weiß wie vielen Jahren des Rackerns und Bettelns beim Grafen, jetzt ist's zu spät.

Noch nie war es, daß sie mich begleitete, nicht weit, nur bis dorthin, wo die Mostbirnen- und Zwetschkenbäume in die abschüssigen Viehweiden übergehen.
Laßt die Kinder nicht allein!
Alles Blut ist aus ihrem Gesicht gewichen. Mit den weichen Hausschuhen kippt sie leicht von der mittleren, grasbewachsenen Erhöhung in eine der steinigen Spurrinnen des Weges. So ungangbar alles, sagt sie noch, bevor sie geht. Vom Stall her hört man das Hinstellen der Milchkannen.

Im nächsten September: das dreifach Schrille der Grillen zum Ende des Sommers. Wie die Schönheit schmerzt, wenn man Angst hat. Noch ohne zu sehen: die fremden Stimmen im Hof, die fremden Schritte. Ein alter Mann, der nach Graf gekleidet ist und etwas devot wirkt den beiden jungen Frauen gegenüber – eine in hennarotem Haar, eine mit Jesussandalen, langer, weicher Baumwollrock. Drei jüngere Männer. Das Öffnen von Türen, Schauen, Suchen, Taxieren, Notieren. Das Vermessen gelebten Lebens, getaner Arbeit.

Der Schatthofbauer?
Drinnen.
Er sitzt auf der Ofenbank in der Stube, mehr breit als hoch, wie auseinandergeronnen. Die Beine weit gespreizt, die Daumen um die Hosenträger gebogen, als hielte er sich fest an sich selbst. Es schüttelt ihn von innen, der Oberkörper bebt ruckartig, blaue Adern im verquollenen Gesicht: Übermorgen siedeln wir. Und nach einer Pause: Die Frau muß es nicht sehen. Spital, Bestrahlung, zum dritten Mal. Er sagt noch ein paar Worte in sein Schluchzen hinein, steht kurz auf, fällt zurück ins dunkle Eck hinter dem Ofen.

Der Hof in der Mulde, das Dach unter dem Holunderbusch, die Malven an der Hauswand, das Gemüse im Vorgarten, das Holz an der Südseite, die Kühe auf der Weide, die Kälber auf der Streu, die Schweine im Kobel, die Eier in den Legstellen, die Bienen im Stock, der Rechen in der Scheune, der Most im Keller, die Erdäpfel in der Furche, die Früchte in der Sonne, die Wiesen im Tau, die Zäune gespannt, die Schläge aufgeforstet, die Regenrinnen gezogen, die Sensen gedengelt, das Grünfutter gemäht, das Heu eingeführt, das Grummet geschnitten, die Milchkannen auf die Hausbank gestürzt, das Brot gebacken, die Socken gestopft, die Türen geschlossen, die Fenster geöffnet, die Kinder gewachsen, das Leben vertan.

*

Die Familie des Schatthofbauern zog zur ehemaligen Sennerin, zu Franziska, die ein Stück talauswärts unterhalb des Wasserfalls wohnte. Die Schatthofbäurin starb übers Jahr nach dem, was die Leute im Dorf ein Martyrium nennen. Der persische Arzt half täglich mit Morphium, mehr war nicht zu tun. Der Schatthofbauer ging, krank, wie er selbst war, in Frühpension. Anderen wenigstens tageweise bei der Ernte zu helfen oder im Holz, wagt er nicht aus Furcht, daß ihn jemand anzeigen und er dadurch auch noch seine kleine Rente verlieren könnte. Er begann wieder zu trinken. Die größeren Kinder erlernten alle einen Beruf, sind tüchtig, wie es heißt. Der Kleinste, noch Volksschüler, mußte eine Klasse wiederholen.

Am Schatthof zog ein Kollektiv von jungen Frauen und Männern ein. Die Milchwirtschaft wurde, bis auf drei Kühe, aufgegeben. Statt dessen werden Schafe gehalten, doppelt so viele Hühner, einige Gänse. Wanderer, die vorübergehen, können auf einer von Brennesseln umstandenen Holztafel lesen: *Schafkäse, Schafwolle, Eier.*

II

Durch Bauernwiesen schlängelt sich der Bach. Unweit der Felsrippe entsprungen, die sich am Nordostufer der Roten Lackn in den Fichten und Tannen verliert, gewinnt er schnell freies Land. Kühe und Kälber weiden an seinen Rändern, ein paar Haflingerpferde, an den steileren Böschungen Schafe. Der Schrei des Eichelhähers fliegt übers Land. Orchideen an sumpfigen Stellen, im Schatten Türkenbundlilien und Frauenschuh. Stacheldraht frisch gespannt. Das Pflockeisen lehnt am Baum. Graugebleichte Heustadln unter vermoostem Dach. Schwingende Holzstege. Rot-weiß-rot markierte Wanderwege. Die Schanzen und Wehrlinien sind wieder einmal zugewachsen.

Die Glocken der Dorfkirche weiter unten im Tal läuten zur Prozession mit dem purpurnen Baldachin, in dessen Schutz das Sinnbild eines gefolterten Gottes getragen wird. Litanei übers Gras. Hinaus und hinüber geht der Zug auf den Hügel. An der Kapelle, zum Gedenken an die drei Gehängten des Jahres 1597 errichtet, ist Andacht. Eingang und zwei Fenster weisen in jene Richtungen, in der die niedergebrannten Höfe der Unglücklichen standen, die der Statthalter einer Macht oder eines Gottes Rädelsführer nannte und sie strafte durch Tod am Galgen. Historiker haben andere Deutungen.

An die junge Frau und ihr Kind erinnert nichts in der Kapelle. Nur der Volksmund und die Farbe des Teiches bewahren ihr Schicksal. Manche verbinden es mit dem Schicksal von Franziskas Tochter, der schönen Marie, die man hier fand am Ende aller Qual.

Das Weiß der Mädchenkleider spielt im roten Wasser. Fronleichnamsgesänge und Gebete steigen auf wie die warme Luft am Fels. Paragleiter lieben die Gegend. Auch Kletterer, Bergsteiger, Wanderer und Kajakfahrer. Im Winter Skifahrer, Snowboarder und Langläufer. Sie finden ihr Glück.

Viele kommen, um den Wasserfall unterhalb des Dorfes zu sehen. Zwischen verblockten Felsen stürzt er in die Tiefe. Der Teufel soll hier nach mißlungener Überflutung des gottgefälligen Tales zur Hölle gefahren sein. Die blaue Teufelskralle blüht als Zeichen. Holzfäller schlugen bis zu achtzigtausend Raummeter pro Jahr aus den steilen Hängen für die Eisenindustrie des unteren Tales, die einst Weltruhm hatte. Flößer arbeiteten hier mit Stangen und Haken, ihr schweres Lodenzeug naß über der Haut, die sie zu retten suchten mit kargem Brot und dem aberwitzigen Ehrgeiz, nicht schwimmen zu können. Heute greifen Busreisende mit übernächtigen Augen in die Gischt.

Franziskas Keusche steht ein paar Steinwürfe unterhalb des Wasserfalls, an der Biegung des Flusses, an Wehr und Fluder, der ein Sägewerk treibt. Ihr Lebensgefährte war Vorarbeiter gewesen. Die Säge fuhr ihm ins Bein, er verblutete, bevor Hilfe kam. Manche sagen, er sei betrunken gewesen. Dem Tod ist's gleich.

„Abgebrannt" war Franziska. Sie hatte nichts außer einem Dach über dem Kopf. Sie lebte vom wenigen Ersparten. Sie stand ohne Rente da, weil sie aufs Ausgedinge am Hof gehofft hatte. Aber die Alm des Schatthofbauern, auf der sie neununddreißig Jahre als Sennerin gearbeitet hatte, war schon vor dem Tod der Bäurin aufgelassen worden wie viele Almen der oberen Talschaft. Einige wurden an kinderreiche oder jagdfreudige Deutsche vermietet. Franziska war zu dem Mann gezogen, den sie spät gefunden hatte, und mußte nach dessen Tod Arbeit suchen. Sie war allein. Ihre uneheliche Tochter Marie, die sie mit sechzehn bekommen, die sie zunächst heimlich und später unter großen Entbehrungen aufgezogen hatte, war tragisch ums Leben gekommen; über ihren Mann Lukas gab es Gerüchte.
Wen Gott straft…, sagten die Leute.
Ach. Schuld.
Welche Schuld?
Und wann ist es endlich genug?

Franziska war nicht mehr jung, als sie Arbeit suchen mußte. Sie suchte lange, kam schließlich als Hilfsköchin in der ehemaligen Wehrburg unter, die eine halbe Autobusstunde talauswärts auf einem Felshügel jenseits einer smaragdgrünen Schlucht liegt. Sie kannte die Burg. Ein-, zweimal im Jahr war sie hier zu Besuch gewesen, bei Josef, ihrem Bruder.

Narrenturm nennen die Leute die Burg aus dem 12. Jahrhundert. 1846 hatten hier zwei Barmherzige Schwestern,

Töchter der christlichen Liebe, begonnen, Arme und Behinderte aufzunehmen und zu pflegen.

Kaiserschmarrn mit Kompott von frischen Kirschen, die in dieser Höhe erst im August reiften, hatte Franziska uns Kindern gekocht, wenn wir auf die Alm kamen. Die Schwärze der Rauchkuchl. Kupferpfannen hitzeheiß. Außen rußbeschichtet, innen glänzend. Stechen in den Augen. Gesprungene Holzbänke, Schiefer im Schenkel, nur ein Platz war glatt. Wilderer, die kamen und Kinder machten. Oder Jäger von jenseits des Berges, oder die Bauern selbst, wie man die Erwachsenen sagen hörte mit gesenkter Stimme. Polierte Tischplatte zum Drüberfahren mit erwachenden Fingern. Ein paar zerlesene Schriften auf dem Bord. Herrgottswinkel, verdorrter Almrausch um die Füße des Erlösers. Nachts schlug der Sturm die Kirschen auf das Schindeldach. Ich höre es immer noch.

Franziska hatte Kaiserschmarrn gerissen und in ihrer langsamen Sprache, die die Worte aus der Erde holte wie Steine, Geschichten erzählt. Geschichten vom Gejagtwerden und Geholtwerden. Das tat sie auch später noch, als sie im Narrenturm arbeitete, und noch später, als sie eine seiner Insassinnen wurde.

GrüßGott und GrüßGott und GrüßGott und AuWiedersehn und AuWiedersehn und Woherkommstdu, Ichbinaus, Wieheißtdu und Hände, die sich entgegenstrekken und geschüttelt werden wollen, die weich sind und keinen Druck geben, die tasten und tasten und sanft probieren und prüfen und streicheln und streicheln und GrüßGott und Wieheißtdu, Ichbinaus, Wieheißtdu, die weißen Schwestern gehen her und hin und reden und tun und lösen und füttern und einer steigt mit dem roten Strick auf den Kirschbaum. BittehörenSiezu und MachenSiekeinenUnfall und KommenSiegutnachHause und Klatschen und Danke und Hände, die schütteln und tasten und streicheln und streifen. Lachen, so viel Lachen aus den schiefen Körpern, den schiefen Gesichtern, den schiefen Mündern, der Speichel rinnt, die Zunge rollt, die Zähne fehlen, komm, komm, schrei und wein,

nein, Franziska, nicht weinen,
das Mobile, das du gestern gebastelt hast, dreht sich so schön im Wind, die Sonne wirft Licht durch die Gitter. Nein, keine *streng vertrauliche Behandlung*, nein, nein, wir hätten die Betten schon selbst bezahlt, wir wären für uns alle aufgekommen – mußt nicht schreien, Franziska – nein, bitte keine *Verlegung einer größeren Anzahl von in Heil- und Pflegeanstalten untergebrachten Kranken ..., um für andere Zwecke Betten jederzeit verfügbar zu haben, der Reichsstatthalter* hätte die Betten für sich haben können,

aber sie haben sie nicht angehört, die Schwester Visitatorin, und sie haben sie eingesperrt, und *keine weiteren Zahlungen über den Tag der Verlegung hinaus*, daß sie niemanden mehr hat schützen können und den Josef haben sie aus der Kniebank gezerrt und die Kapellenstiege hinaufgezogen und soll geschrieen haben und die Faust geballt und gesagt haben, ganz deutlich, als ob er immer hätte normal reden können: Das bringt euch keinen Segen! Und sie haben seinen Arm gepackt und eine Spritz hineingejagt, ist blaurot angelaufen und hingeschlagen auf den Stein. Weine nicht, Franziska,

und was haben sie mit Lukas gemacht
hinterm Stacheldraht, Marie! Da hängt er, dein armer Mann, da haben sie ihn aufgehängt am Wasserrohr oder im Keller, damit es keiner sieht und weiß zu Haus im Tal der Roten Lackn. Und paß auf deinen kleinen Lukas auf, Marieli, paß auf ihn auf! Der spielt mit Handgranaten, lauf, Marie, nimm sie ihm weg, breit den Schwamm drüber, über das Leichentuch, Marie, komm knie nieder mit mir,

nicht weinen, Franziska,
das ist ja vorbei, schau, wie die Sephi lacht, so sanft, so lieb, so fern oder so nah oder von wo und eine rutscht am Boden und sucht und sucht und kann es nicht finden und rutscht auf den Knien und über ihrem Rücken zieht der süßliche Geruch durch die Gänge, durch die Zimmer, die Säle. Einer kommandiert, geht hin und her und befiehlt und ist streng und sehr geschäftig, links zwei, drei, vier, ja

– dort – jaja, den auch noch – treibt sie zusammen – Schießt! – Wird's bald! Und eine Schwester nimmt seine Hand, führt ihn ins Zimmer und er lehnt an ihrer Schulter und schluchzt und fällt aufs Bett und schluchzt in ihre Stimme in ihre Stimme in ihren Frieden

und eine
hat ihren Mann erschlagen mit der Axt, aus Rußland nahm er sie mit nach dem Krieg und lebte mit ihr im Rote-Lackn-Tal, sie erschlug ihn und verlor die Sprache, die niemand verstand und wurde alt und blieb stumm und hockt in der Ecke, einen Fetzen fest gedrückt an die Brust, einen scharlachfarbenen Fetzen

und eine
sitzt am Klo Stunde um Stunde um Stunde, gebären was nicht ist, verloren was nie war oder was man ihr nahm, bitte, bitte, welche Bitte, welches Korn fehlt dem Mund, und einer schlägt sich auf die Nase, immerzu, immerzu, schlägt und haut bis das Blut rinnt und das Rot sich rundet auf den Fliesen

und schreit,
wer schreit, nein, schrei nicht, Franziska,
es tut dir niemand was zuleide, du wirst nicht abgeholt, nein, Franziska, es sind keine schwarzbekragten Männer mehr da, keine schwarzen Busse stehen unten am Ende des Hohlwegs, keine schwarzen Vorhänge, die den Apriltag von der Totenstille trennen. Du hast wieder einmal zu viel gelesen, Franziska, wie oben auf der Alm, wenn du

uns vorgelesen hast aus provisorisch zusammengehefteten Schriften. Den Büchern, vielmehr Zetteln, die einer dagelassen hatte, der sich verstecken mußte im Sommer 44. Unterschlupf suchen für ein paar Wochen, ein paar Monate, bis in das nächste Frühjahr hinein, bis alles vorbei war und Gras wuchs über alles über alles. Über diese Suchtrupps und über jene, über die Zeit und die Gegenzeit, Gras wuchs und zum Heu geschnitten wurde wie alle Jahre zuvor und alle Jahre danach. Du hast uns Kindern vorgelesen, stundenlang, du hattest nichts anderes, aber wir liebten diese Geschichten, in denen so viel geschah: wo geflüchtet und verborgen, gefangen und eingesperrt wurde und wo es Türme gab und Stacheldrahtzäune. Die waren elektrisch geladen, das gab's erst viel später fürs Vieh. Und was dann geschah, hast du überblättert, das merkten wir wohl und wir fühlten, daß es furchtbar war und fürchteten uns. Und dann hast du uns von der Hoffnung vorgelesen und daß tausend Jahre nicht tausend Jahre sein werden und wir wußten nicht, was tausend war, aber wir glaubten daran. Es regnete und du gingst in den Stall und zurück in die Hütte und wieder in den Stall und wieder in die Hütte, auf deren Dach die Kirschen schlugen, die unreifen und die reifen

du hast wieder einmal zu viel gelesen, Franziska,
hier in dem Buch über die tapfere Frau, die wunderbar mutige Frau, Anna Bertha Königsegg hat sie geheißen, ja, du hast es mir oft erzählt, die Schwester Visitatorin, die auf einem Württemberg'schen Schloß zuhause gewesen war, aus einem uralten schwäbischen Geschlecht mit

Fürstenrang war sie, tanzte gern, fuhr um sechs Uhr morgens schon die Pferde aus, war ein tolles Mädchen und ging ins Kloster, ging trotzdem ins Kloster, zu den Vinzentinerinnen, die den ganz Armen helfen, den Siechen und Trotterln und Durchslebendummgewordenen und den Findelkindern. Ging nach Paris, Turin, Siena, leitete Spitäler, konnte mehrere Sprachen und kam hierher als Chefin sozusagen und Gott hat gewußt, warum. Ja, Franziska, sie war mutig und geschickt, und als die Hakenkreuze aus allen Fenstern wehten über dem grünen Fluß, hat sie besser als die meisten deren Gesetze studiert, sie wußte genau, daß der Gruß Heil Hitler in Ämtern vorgeschrieben war, nicht aber auf der Straße und im Privatverkehr, und sie hielt die Schwestern an, sich nicht provozieren zu lassen, nicht Radio zu hören und keinem Außenstehenden zu vertrauen. Eine Weile hat sie die Schulen, Jugendheime und Krankenhäuser dem Orden erhalten können, sie war schlau wie ein Fuchs dabei, das gefällt dir, Franziska, ja, das glaube ich dir, mit

„Ja"
hat sie zunächst auch ihre Schwestern bei der Volksabstimmung für den Führer stimmen lassen, *wir stehen ja vor einer vollendeten Tatsache, an der ein „Nein" nichts ändern würde,*

schrieb aber am 25. August 1940 –
ich nehm ihn dir nicht weg, den Brief, Franziska, er liegt in der Lade deines Nachtkastls, schön kopiert, und da darf er auch bleiben – schrieb dem Reichsverteidigungs-

kommissar im Wehrkreis XVIII, als sie von den Euthanasiegesetzen erfuhr, die unter dem Deckmantel

Aktion T-4 zur Vernichtung unwerten Lebens
liefen: *Es ist nunmehr ein offenes Geheimnis, welches Los diese abtransportierten Kranken erwartet, denn nur zu oft langt kurz nach ihrer Überführung die Todesnachricht vieler derselben ein.* Und dann redet die mutige Schwester den Macht-Habern ins Gewissen, was würde denn das Ausland denken und *was unsere siegreich heimkehrenden Krieger, die Blut und Leben fürs Vaterland gewagt haben,* wenn sie heimkommen und die Mutter oder den Vater nicht mehr vorfänden oder die Schwester oder den Bruder... Und würde nicht eine große Unruhe unter das Volk kommen, wenn ein jeder sich sagen muß: *Was wird noch mit mir selbst geschehen? Denn ein jeder von uns, auch Sie und ich, wird einmal hilfsbedürftig werden oder durch Krankheit oder Unfall der Gemeinschaft keinen aktiven Dienst mehr leisten können...* Du warst nicht im Krieg, Franziska, nein, aber einmal, als du nach dem Almabtrieb ins Tal hinunterkamst und mit dem Autobus hinausgefahren bist in den Narrenturm, war dein Bruder nicht mehr da

ja, dein Josef.
Ich weiß, daß du es jetzt weißt, daß er damals nicht einfach gestorben ist in Hartheim, an „Lungenentzündung", wie es in der offiziellen Todesanzeige hieß, sondern daß er – ja, daß er dabei war damals, als sie sie den Hohlweg hinuntertrieben an diesem 19. April 1941. Der Hohlweg war zu schmal für Großfahrzeuge, und der Pechgraben war

noch voll Eis an diesem schönen, sonnigen Apriltag, an dem die Schneefinger in den Wiesen schon weit zurückgegangen waren und Schwaden warmer Luft über die steilen Hänge trieben. Das geschlagene Holz trocknete an den Wegrändern, und der Staub senkte sich hinter den Fuhrwerken auf die Dotterblumen. Du hast dir alles genau erzählen lassen von der alten Schwester, die dabei war damals, der Barmherzigen Schwester mit dem Engelsgesicht, den poetischen Bildern und dem guten Gedächtnis

und kamen
und auf den kargen Äckern standen noch die geweihten Palmbuschen, den roten Apfel der Talschaft in ihrer Mitte als Zeichen für ein gutes Jahr, und kamen und die Schwestern haben nichts dagegen tun können. Aber sie haben ihnen nicht geholfen, den Männern mit Stiefeln und Peitschen und schirmmützenbeschatteten Augen, und nicht den Männern, die sich „Ärzte" nannten. Schrei und Kommando

sie haben nur die Sachen der Opfer
hergerichtet, schön gewaschen und gebügelt, zu kleinen Päckchen geschnürt. Sie haben keinen Kranken angezogen, sie holten keinen aus seinem Bett, aus seinem Zimmer, sie nickten zu keinem Namen, der auf den Listen stand, wie ihre Visitatorin es sie geheißen hatte. Die Visitatorin aber hatten sie vorher schon geschnappt, gefangengenommen, unter Druck gesetzt, gefoltert, um zu erfahren, von wem sie über die Aktionen gegen das unwerte Leben wußte. Sie verriet nichts. Sie wußten, sie

war gefährlich. Aus dem Grand-Hotel zur Polizei schrieb sie ironische, aufmunternde Briefe an ihre Mitschwestern. Als alles vorbei war, ließ man sie frei. Später – erinnerst du dich, Franziska, was du mir einmal erzähltest, warum kannst du heute nicht lachen darüber? – viel später, nach dem Krieg, hat man sie einmal für einen verkleideten Mann gehalten und wollte sie festnehmen im Zug,

die hat die Totenköpfler
längst durchschaut gehabt und auch ihre vorwändigen Argumente, daß das Reich jederzeit Betten für andere Zwecke brauche... Ja, sie war schlau und mutig, Franziska, du hast recht und es ist gut, daß du es mir immer wieder erzählst, immer wieder, aber hab keine Angst, das ist nicht heute, nicht heute. Nicht heute? Nein, ich glaube, es ist nicht heute, einmal muß es ja genug gewesen sein, oder? Und sie schrieb ihr schlaues Angebot, daß sie auf die staatliche *Kopfquote des Gaufürsorgeverbandes* verzichte und die Anstaltsinsassen *einzig auf Kongregationskosten* zu pflegen und zu erhalten gedenke

Sollte aber aus irgendeinem Grunde der Vorschlag nicht angenommen werden, so bitte ich Sie, nicht auf unsere Mithilfe beim Abholen und Transport der Kranken zu rechnen

es hat nichts genützt, Franziska,
ich weiß, sie hat wieder geschrieben, sogar nach Berlin, und ein drittes Mal, *denn unser Gewissen verbietet uns, in dieser Aktion mitzuwirken,* und sie haben sie wieder ins

Gefängnis geworfen für fast ein halbes Jahr und dann wurde sie ausgewiesen, mußte das Land verlassen, und von dem Württemberg'schen Schloß aus, auf dem sie aufgewachsen war, hat sie winters ihr Wägelchen bis spät in die Nacht hinein zu den Armen und Kranken kutschiert, denn mit Pferden konnte sie immer noch umgehen wie ein Roßknecht

aber die Gestapo kam zurück
in den Narrenturm mit Listen und Befehlen und Gewehren, noch zweimal, fast zweihundert haben sie geholt insgesamt, weine nicht, Franziska, es ist vorbei, für jetzt ist es vorbei, du mußt keine Angst haben

was hat dich so spät eingeholt,
du hast wohl manches Mal erzählt von deinem Bruder, der als Kind, weil er immer schrie, zu viele Most- oder Schnapszuzel bekommen hat und du hast sie ihm heimlich weggenommen, wenn die Mutter es nicht sah, das Stück Zucker aus dem getränkten Leinensäckchen gelöst, weil es so süß schmeckte. Und beim Heuen ist er zuviel in der Sonne gestanden, weil er schon der neunte war und alle nur schuften mußten von Sonnenaufgang bis weit in die Nacht hinein und dann ist er nur im Hof herumgesessen, hat mit dem Hund gespielt und ins Leere geschaut und lieb gelacht und gesungen, bevor er in den Narrenturm gekommen ist, der Josef, das Dorftrotterl halt, das hat es überall gegeben. Du hast uns das erzählt und hast ein wenig traurig gelacht und wir Kinder mit dir. Warum hast du jetzt den Verstand darüber verloren, über dieser

Geschichte von Josef, die mit rotem Faden verknüpft und verwebt ist mit der von Marie. Ja, warum hast du jetzt erst den Verstand verloren, jetzt, wo du alt bist und es hier schön hättest und geborgen bei der Arbeit zwischen den weißen Schwestern, in der Küche oder im Krautgarten oder in der Weberei, in der du am liebsten bist, unten in den neuen Räumen, so hell, so warm, die Maschinen surren, die Schiffchen fliegen hin und her, das lange Holz wird hineingeschoben, die junge blonde Frau, Theresa heißt sie, weist an und repariert und du könntest ihr helfen. So geschickt sind alle und eilfertig und geduldig und lachen und lallen und zungenrollen, und vielleicht erinnert sich noch einer an *die mit der rostigen Sichel* oder an *den mit dem Ziegenmeckern* oder an *die, die in das Tümpelwasser tropfen läßt ihr Blut,* wie ein Dichter sie beschrieb, der an den Narrenturm-Hängen seine verbotenen Spaziergänge machte, als er Heilung suchte von zerstörter Lunge und zerstörter Jugend. Und einer hat einen neuen blauen Arbeitsanzug bekommen und ist ganz stolz darauf, geht sanft herum und gibt sanfte Befehle und die Teppiche und Tücher sind bunt und schön und fest und die Maschinen surren und schlagen

und du schlägst zurück, Franziska,
als man dir das rote Tuch nimmt, das eben fertig wurde, das rote Tuch, in das du dein Marieli einschlägst, das du hineingeboren hast zwischen die Wurzeln der großen Fichte, du warst jung und drall und Magd im Winter, Sennerin im Sommer und der Bauer wußte von nichts. Ich? Pah, des miese Mensch, und die Bäurin trieb dich

vom Hof. Du gingst zurück nach dort, wo du hergekommen warst, wo man nichts wußte von deiner Schande und wurdest Sennerin hoch oben im Kar, wo du dich schnürtest, deinen Leib und deine Liebe abschnürtest und das Moos saugt das Rot unter dem Kind

das ist alles längst vorbei, Franziska,
bleib ruhig. Geh hinüber zu dem, der immer nur in der Ecke stand und schrie, wenn man ihm nahe kam. Und jetzt sitzt er da und malt an einem Osterei, endlich, die Schwester und der Betreuer, der wie Theresa von draußen kommt, haben es geschafft: Sie lockten ihn aus seinem Eckenreich und er malt nun ganz friedlich und taucht den Pinsel in die Farbe, tief gebückt über seine Anstrengung, macht Punkte und Striche und lächelt und schaut nicht auf, vielleicht spielt der Trommler drüben für ihn oder für dich, der schlägt von Zeit zu Zeit auf die Membran, Schlag dessen, was war, Schlag der Erinnerung und versinkt im dicken Brüten der Stunde

Sie sind gekommen, ja, ich weiß,
und die Schwestern haben sich nicht getraut, das schwere, hölzerne Tor zu verschließen, mit dem Balken zu verriegeln, nein, das haben sie nicht gemacht, es wäre auch umsonst gewesen. Der Narrenturm war umstellt, längst photographiert von allen Seiten, umlauert, umzingelt, umgewehrt, nur der Priester ist entkommen, den haben sie in ein Schlossergewand gesteckt und er ging hinaus als Handwerker, das durfte er

und ein paar andere,
solche, die noch hell genug waren – waren es Schwestern? Waren es nur Schwestern? Und waren es drei oder vier, manche erzählen von siebzehn, oder war das schon beim zweiten Sammeltransport im Mai oder beim dritten im August? – schickte man noch vor dem Morgengrauen jenes Tages, an dem die Burg schon umstellt wurde, noch nachts hinaus zum Pilzesuchen. Hinauf in den Bannwald und hinüber ins jenseitige Tal, wo man heute noch erzählt davon

und die Gerüchte sickern ins graue Gras
wie die Jauche in diesem April, in dem der Most das Rot hatte, die Viecher rot urinierten, weil sie krank waren. Die heimlichen Worte sickern in die Erde, ins Gestein, kommen Jahrzehnte später wieder hoch in anderer Farbe: Auf diesem Hof dort drüben, da waren die Verräter, die haben den angezeigt, der kam, um ihnen vom Abtransport ihrer eigenen Mutter zu erzählen und wo sie hingebracht wurde und daß am Ende der Reise Gasöfen standen und keine Tanzsäle waren mit schöner Musik, wie man den Opfern erzählt hatte. Aber die am Hof taten, als wären das Lügen, die Mutter war fort und tot war sie auch, blöd seit zwanzig Jahren, und so was gehört nicht ins gesunde Volk, sagte der Sohn und denunzierte den Nachrichtenüberbringer, der kurz darauf verhaftet wurde wegen „Vergehens gegen das Heimtückegesetz“, gefoltert, er brach sich das Kreuz, als er mit dem schweren Kübel die Stiege hinunterstürzte und spät, viel später, als alles vorbei war, als Krüppel aussagte und zu Protokoll gab und ein anderer,

nein, meinen Namen dürfen Sie nicht nennen,
auch achtundfünfzig Jahre nachher nicht, ja, heute noch erzählt man sich im Dorf unter dem Narrenturm mit vorgehaltener Hand, wie man sie heruntergetrieben, heruntergepeitscht hat wie eine Viehherde, wie sie geschrien haben, geweint und geschrien

so geschrien wie oben im Haus,
als man sie, die sich an die Bettgestelle klammerten, aus den Zimmern zerrte, über die Gänge schleifte, über die Stiegen stieß oder die Gehunfähigen trug. *Die gehfähigen, ruhigeren Patientinnen stellte man im Hausgang auf,* schreibt Schwester Rosaria Brunnauer 1945, *stülpte ihnen den Ärmel des linken Armes hoch und schrieb mit Tintenstift auf den angenetzten Arm die Ziffer, welche auf sie traf. Überall suchte man die Todesopfer, welche auf der Liste standen, zusammen.* Sie suchten in den Gewölben und Sälen, Dachböden und Kellern, sie suchten in den Ställen und Scheunen, Innenhöfen und Gärten, sie suchten auch Josef und den, den die Schwester mit dem Engelsgesicht

Holder
nannte, den mit den schmutzigen Händen, der tobte im Erkerzimmer, aber friedlich war draußen, der Gras rupfte stundenlang, gebückt und geduldig, den Rücken krumm wie ein Schutzschild gegen die Welt

Aber ich will nimmer leben
Schlafenden
brüllen
spielen
Mord und Tod!

den fanden sie auch, banden ihm die erdigen Hände, schlugen ihm über die Augen, daß er hinfiel ins ausgerissene Gras. Da die Schwestern sich weigerten, Hand anzulegen, hatten Gestapo und aufsehender Arzt

Männer und Frauen mit, die halfen.
Jung waren manche. Sie holten, trieben, verfolgten, rissen in der Marienkapelle vom Altar, wo das unwerte Leben Zuflucht gesucht hatte, Versteck vor den Stimmen und den Händen und den Kolben und den Schüssen und den Injektionsnadeln und dem Hall, dem Hall des Grauens und die Glocken flogen übers Land, nein, Ostern war vorüber in diesem April 1941, es war ein inneres Feuer, es war Sturm, es war Brunst, die Glocken schrien übers Land, über die Wiesen und Höfe und Schluchten

jede Kuh, jedes Schwein
weiß, wann der Schlächter kommt. Aber die Menschen rannten nicht heraus wie sonst, um zu sehen, kamen nicht, um zu helfen, rannten vielmehr nach Hause, rannten hinein in die Stube, schlossen die Türen, schlossen die Vorhänge, die Ohren, das Herz. Sie wußten, was sie nicht sehen wollten, aber die Schulkinder sahen, was sie nicht wußten, sahen, wie die Stolpernden, Torkelnden, Lallenden, Jammernden, Schreienden, Verstummten durch den steilen Hohlweg heruntergetrieben wurden, hinein in die zwei schwarzen Busse, in denen Etagen eingebaut waren und deren Fenster schwarz verhängt waren und wie es

dann still wurde,

der grellweiße Gekreuzigte an der Kreuzung hielt die Augen geschlossen, sein leuchtender Blutfaden rinnt immer noch aus der Wunde, niedergespritzt, sagte man später im Dorf, still blieb es den ganzen Tag, totenstill, bis alle drinnen waren in den Kobeln und das Abendrot über den Bergen stand

und die Busse abfuhren.

III

Eine jüngere, zarte Frau kommt zweimal pro Woche in den Narrenturm. Sie lebt in der Stadt an der Mündung des grünen Flusses, rund dreißig Kilometer flußabwärts. Sie arbeitet an drei Tagen in der Woche in der Weberei, in der die Heiminsassen unter ihrer Anleitung Tücher und Teppiche herstellen. Rot und blau und gelb und grün und orange und badebarwärts in bunten Streifen. Die aus einer anderen Welt lieben sie als eine der Ihren.

Theresa, so ihr Name, liefert die Produkte weithin in die Talschaft. Man kann die Webstücke brauchen: billig und schön. Farbflecken in den neuen Zimmern der Fremdenpensionen. Manchmal begleite ich Theresa. Sie hat feines, helles Haar und spricht mit einem leicht sächsischen Akzent. Ich suche ihre Nähe. Sie ist anders. Tag und Nacht sind gleichzeitig in ihr, aber beides seltsam leblos. Sie ist da und fort, als ob sie einen Teil von sich irgendwo hätte zurücklassen müssen, wo sie nicht mehr hinkann. Sie hält sich aufrecht, aber manchmal, wenn sie sich unbeobachtet weiß, sinkt sie abrupt zusammen. Was hat ihr das Genick gebrochen? Ihre Kraft liegt im Schweigen, und im Abwenden entkleidet sie das Unwahre. Einmal erzählte sie von ihrem Lieblingsbuch: eine Frau kämpft allein ums Überleben diesseits einer gläsernen Wand, die sich über Nacht plötzlich über Berg und Tal gezogen hat – jenseits der Wand ist alles zu Tode erstarrt.

Es war auch das letzte Buch, aus dem ich meiner Mutter vorlas, wenige Wochen vor ihrem Tod. Sie hatte es sich gewünscht. Tauben tänzelten auf dem Fenstersims, gurrten in den Schmerz der Kranken. Schließ die Läden, bat sie. Und dann, in das Dunkel des Zimmers, sagte sie leise: Ich kann nicht mehr. Irgendwann war es zuviel, und ich habe es nicht bemerkt. Für viele ist alles wieder gut geworden, aber ich hab kein Leben mehr gefunden. In Rschew ist er gefallen, euer Vater, vielleicht kommt ihr einmal hin, in die Birkenwälder, weit im Osten. Vielleicht sind sie ohne Trauer. Und noch am letzten Tag, als ich behutsam und hoffnungslos Seite um Seite las – ich hatte längst im Buch wieder von vorne begonnen –, fragte sie aus ihrem Dämmerschlaf: Warum erschlägt der Mann am Ende den friedlich weidenden Stier auf der Alm und erschlägt den Hund, und die Frau erschlägt den Mann? So viel Blut, mein Kind, so viel Tod, immer und immer.

Einmal nahm ich Theresa mit in das Dorf unter dem Teich. Ein Spätsommertag vor dem Gewitter. Sie wollte die Schwüle kühlen, den Fuß ins Wasser tauchen.

Rot ist das Wasser, rot?
Drei wurden gehängt am Hügel –
Gehängt wofür?
Bauernkrieg, sagt die Überlieferung, Aufstand gegen Fron und Ausbeutung, gegen Tyrannei und Willkür –
Immer –
1597 –
Überall –

Glaubenskrieg. Katholiken gegen Protestanten, Protestanten gegen Katholiken.
Vertreibung, Mord, Brandschatzung, Vergewaltigung und Hinrichtung
für die Unbefleckte, für eine Beichte, für einen Ablaß, einen Vorwand, eine Grenze, eine Krone –
Rot, bis auf den Grund –
Eine, die Jüngste, die Frau vom Michl am Hof, folgte dem Liebsten mit
ihrem Kind –

Theresa kniet nieder. Streicht mit flacher Hand über das rote Wasser. Halbkreis. Sehnsucht.

Wie lang sind Theresas Beine?
83 Zentimeter.
Das geht nicht.
Michael beugt sich über das Heck des Fiat:
Es muß gehen, Karl. Und noch einmal: Es muß!
40 hinauf und 43 in der Waagrechten.
79,5 ist das Maximum...
Wenn wir den Rücken tiefer legen...
Unmöglich!
Wir könnten eine Schräge einbauen.
Dann streifen wir am Boden.
Bitte, Karl, es muß gehen!
Michael legt die Eisenschere auf die Werkbank. In die Kälte fragt er: Was tun?

Ich suche nach Theresas Geschichte.
Jeder hat eine Geschichte.
Nicht jeder hat so eine Geschichte.
Warum fragst du sie nicht selbst?
Will nichts berühren.

Andreas, der Bruder meiner Schwägerin, erzählt sie mir schließlich. Er war dabei damals, in der Stunde, in jener einen, einzigen Stunde, die Rettung war und zugleich Leben löschte.
Wie lang ist es her? Ein Jahrhundert?
Ein Abendlied?

Nur zwölf Jahre.
Längst vorbei.
Vergessen.

Wer spricht noch von Wachtürmen und Stacheldraht und von den Scheinwerfern in der Niemandszeit der stummen Panik?

Wer es erlebt hat, wird immer noch gesucht.
Der Haselnußstock steht mitten im Minenfeld.

Theresa war neunzehn damals, in Dresden zu Hause, zart, aber eine gute Kanufahrerin. Als Siegerin war sie brauchbar. Sie durfte ausreisen. Sie fuhr zu den Rennen in Meran, Augsburg und Bourg-Saint-Maurice. Sie fuhr an die Lieser, die Enns, den Ardèche. Am Isonzo begegnete sie Michael. Auch er Rennpaddler, startend für den traditionsreichen Club der Stadt an der Mündung des Flusses der Talschaft.

Die Liebe traf sie und sie konnten nichts dagegen tun. Weiß waren die Steine am Ufer des smaragdenen Wassers und weiß war das Gras, das der Wind mit Kirschblüten bedeckte, weich für die erste Nacht. Weiß waren die Modell-Berge im Museum von Kobarid. Fürsichsein nach dem Siegesrummel. Rot waren die Linien der Fronten des Ersten Kriegs, jene von hüben und jene von drüben, jene Österreichs und seiner vielen Völker, jene Italiens und seiner Verbündeten. Winter. Schnee. Pulver, Harsch, Firn und wieder neuer Schnee und wieder Sturm und Eisregen und Schnee. Wächten in den Himmel, Lawinen in die Schluchten. Weißer Tod am Nachmittag des Föhns. Eine Million Tote für eine Seillänge nach Norden oder eine nach Süden. Verschüttetes Licht. Zerfetztes Glied. Erstickter Schrei. Blaugas.

Wann ist es genug?

Der Regen fällt auf die Soldatenfriedhöfe, auf die Kreuze in Reih und Glied. Moos wächst über die Namen. Die Liebe sah die vergessenen Kreuze und hielt sich an sich.

Zwei Jahre siegten sie. Nicht für ihr Land, aber für einander. Beim nächsten Rennen wollte Theresa abspringen. Dann erhielt Michael den verschlüsselten Brief: Ausreiseverbot.

Aufgeben, hatte Karl damals in der Werkstatt gesagt. Aber Michael gab nicht auf. Er war ein guter Mechaniker. Er überzeugte Karl. Wochenlang arbeiteten sie abends in der Werkstatt von Karls Vater. Sie bauten einem alten Fiat einen Zwischenboden ein, in dem ein Mensch liegend Platz hatte, die Beine über der Hinterachse, in Kopfnähe ein Luftloch. Als sie fertig waren, war Advent.

Nachts die immer gleichen Fragen: Was sagen, wie wirken, wohin schauen, was in den Kofferraum legen, welche Uhrzeit wählen, dem Zöllner ein Päckchen Zigaretten schenken, dem Zöllner kein Päckchen Zigaretten schenken, dem Zöllner, dem Grenzsoldaten... Wird Theresa frieren, wird sie genug Luft bekommen, wird sie zu schreien beginnen vor Angst? Was tun, wenn der Kofferraum untersucht wird, die Karosserie? Was tun, wenn sie ableuchten, wenn sie fragen, wenn sie entdecken? Wenn sie schießen, wenn...

Karls Vater verbot dem Sohn, bei diesem „Selbstmordkommando“ mitzutun. Michael suchte Ersatz, verwarf den Gedanken, scheute die Verantwortung, einen Unbeteiligten in Lebensgefahr zu bringen. Schließlich bot sich Andreas an. Sie waren Schulfreunde gewesen. Jetzt studierte Andreas in Wien Philosophie und Geschichte und schrieb gerade an einer Diplomarbeit über den Böhmenkönig Wenzel IV., der alle aufständischen Ratsherren hatte hinrichten lassen. Zu Studienzwecken war Andreas mehrmals in Prag gewesen. In Prag wollten sich Theresa und Michael treffen. In Ostblockländer, wie es früher hieß, durfte sie reisen. Außerdem hatte sie Verwandte dort, ein Besuch würde keinen Verdacht erregen.

Samstag, 12. Dezember, 12.00 Uhr,
vor dem linken Seitenaltar des Veitsdomes, hatten sie vereinbart. Sie waren geübt in chiffrierten Briefen – in den Tagen des Glücks hatten sie einen in seiner Einfachheit raffinierten Code erarbeitet.

Prag, Freitag, 11. Dezember, 17.00 Uhr
Adventmarkt vor dem Palais Czermak. Michael kauft sechs Maispüppchen, gebunden zu einem himmlischen Orchester. Auf dem Kreuzherrenplatz fragt ihn jemand um Schwarzgeld. Er probt den Weg für morgen. Die

Karlsbrücke verliert sich im Nebel, da und dort schimmert das Gold eines Knaufes, einer Krone. Die Gebärden der steinernen Statuen hilflos über dem Rauschen des Stroms, das sich mit Pferdegetrappel mischt, mit dem Rollen von Rädern, mit dem Schritt von Soldaten aus Jahrhunderten, Zug zum Triumph, Zug zum Tod. Michael lehnt an der Brüstung. Seine Hoffnung stößt sich wund an den Schreien der Möwen.

Samstag, 12. Dezember, 11.30 Uhr
Zu früh. Die Minuten sind Gefäß für Angst. Das Tonband über die Baugeschichte des Veitsdomes beschäftigt nur die Ohren. Der linke Seitenaltar ist mit Tannenreisig geschmückt. Michael kniet an einem Pfeiler unter den Augen Marias, die über ihm die Arme ausbreitet und sein Flehen aufnimmt wie er ihren liebenden Blick. Schritte kommen näher und entfernen sich. Akustik der Leere. Die Glocke schlägt. Der Schatten auf der Sonnenuhr draußen zieht weiter. Das Indigoblau der Fenster wird matter. Gegen drei verlassen sie den Dom.

Auf einer unserer Zugfahrten – die Schmalspurbahn im unteren Tal hat man nach Pendler-Petitionen noch aufrechterhalten, die obere Strecke wurde aufgelassen und zu einem Radwanderweg umgebaut – erzählt mir Andreas, daß es kaum möglich war, Michael zu beruhigen. Immer und immer wieder überlegten sie, was geschehen sein könnte: ein anderer Tag – eine andere Stunde – eine andere Kirche – ein anderer Altar – die Mutter habe bei Entdecken von Theresas Flucht Selbstmord begangen,

den sie für diesen Fall angekündigt hatte – die Verwandten hätten Verdacht geschöpft – Theresa sei krank geworden – die Stasi habe sich auf ihre Spur geheftet – sie habe sich ob der Aussichtslosigkeit des Vorhabens von der Karlsbrücke in die Moldau gestürzt …
Oooh, Maariiaa hilf –

Michael sitzt auf dem Bett des schäbigen Hotelzimmers und singt sich den Refrain aus Kindertagen vor. Dann macht er den Vorschlag, noch einmal in den Dom zu gehen. Die Innenhöfe leer, schnelle Schreie der Turmdohlen, Boten einer anderen Gegenwart. Der Dom dunkel, Gottes Haus im roten Öllicht unter dem unendlichen Gewölbe. Andreas war es, der den Zettel sah. Er steckte im Kommuniongitter des linken Seitenaltars, zusammengerollt in einer Spirale des kunstvollen Schmiedeeisens, kaum sichtbar. Es war Theresas Schrift: Mittwoch 1413, Karlowa 302. Dechiffriert bedeutete dies: Sonntag, 14.00 Uhr, Karlowa 3.

Die Karlowa führt an der Südseite des Hradschin vom Kleinseiter Ring hinauf zu den Vorplätzen von Burg, Dom und Herrschaft. Links einige schmale Häuser am felsigen Hang, niedrig von der Karlowa, mehrstöckig von der Gasse aus, die darunter liegt. Uraltes Pflastergestein. In regelmäßigen Abständen sanfte, lange Stufen, die den Stolz brechen und der Demut Raum geben. An der rechten Seite des ansteigenden Weges eine hohe Steinmauer, dahinter die verwunschene Intimität der ehemaligen Königsgärten. Leises Plätschern von Wasser kommt herüber, im Frühjahr Duftwellen von Flieder und Magnolie, Glyzinie und Jasmin.

Karlowa Nr. 3: ein terrakottafarbenes Haus, zweifenstrig, in schöner Proportion. Auf dem blank geputzten Messingschild ein fremder Name.

Sonntag, 13. Dezember, kurz vor 14.00 Uhr
Zwei junge Männer stehen auf der Aussichtsterrasse am oberen Ende der Karlowa, geben sich wie Touristen. Dritter Adventsonntag. Es nieselt. Kaum Menschen unterwegs. Unter ihnen die vieltürmige, goldene Stadt. Von weitem schon sehen sie das Mädchen die Karlowa heraufkommen. Sie läuft in der Regenrinne nahe den Hauswänden. Ihr dunkler Mantel öffnet und schließt sich über den Knien. Andreas photographiert. Die Freunde gehen langsam Richtung Burgtor, lassen Theresa auf dieselbe Höhe kommen, nehmen sie in die Mitte, blättern im Stadtplan, steigen in das Auto, das stadtauswärts geparkt ist, unter den kahlen Ästen der Akazien des in vollendeter Harmonie daliegenden Platzes der großen böhmischen Adelsgeschlechter, und fahren ab.

Wenn mir Andreas nicht die Photographie gezeigt hätte...
Geschichten sind Netze, die in der Zeit hängen.

Theresa ist keine, der man Fragen stellen könnte. Sie tut, was geschieht. Sie macht einen Bogen um sich selbst. Was hat ihr die Zuversicht genommen, das Verlangen nach dem Regenbogen, von dem wir alle träumen? Sie spricht nie von sich, fragt viel über andere, hilft, kommt, geht, streift über die Dinge und Menschen. Ihre Fürsorge ist tatkräftig, aber ihre Aufmerksamkeit liegt in einem anderen Zustand.

Theresa und Michael leben in einem Reihenhaus an einem Nebenarm des grünen Flusses, der Garten reicht bis ans Ufer. Im Sommer bauen sie Gemüse, ihre Paradeiser sind beliebt bei den Freunden. An der Süd- und Westseite des Hauses stehen Spalierbäume, Kirsche. Die beiden sind für sich, gehen kaum aus; manchmal sieht man sie im alten Stadttheater aus der Barockzeit, das renoviert und vor kurzem wiedereröffnet wurde. Kinder haben Theresa und Michael keine. Ihre Beziehung zueinander scheint in zärtliche Leblosigkeit getaucht. Als ob die Kraft, die sie gehabt haben müssen und die sie so kühn gemacht hatte, irgendwo verlorengegangen wäre, verbraucht von einer einzigen Stunde ihres Lebens.

Es war Nacht, als sie in die Nähe der Grenze kamen. Da sie nur an das dachten, was vor ihnen lag, redeten sie von gestern. Alles war ganz banal gewesen. Keine Tragik, keine Stasi, kein Selbstmordversuch. Als Onkel und Tante von Theresas Wunsch erfahren hatten, den Veitsdom zu besichtigen, hatten sie darauf bestanden, ihn ihr selbst zu zeigen. Der Onkel war früher einmal einige Monate lang Hilfsmesner gewesen und kannte jeden Winkel der Kirche. Verzögerungen Stunde um Stunde: spätes Essen, Mittagsruhe für den herzkranken Onkel, unvorhergesehener Besuch, schleppendes Gehen durch die Stadt, kein

Vorauslaufen wegen schon früher erwachten Argwohns. Als sie ankamen, war es halb vier. In verzweifelter Hast schrieb Theresa vor Verlassen des Domes die paar Zeilen, steckte sie ins Kommuniongitter. Unsinniger Einfall, geboren aus Hoffnung. Das terrakottafarbene Haus in der Karlowa war ihr im Vorübergehen aufgefallen: in sich ruhend und wie frei von Ungeduld. Die Nummer drei hielt sie für ein gutes Vorzeichen: drei war ihre Lieblingszahl.

Noch neun Kilometer bis zur Grenze. Die Gegend dünn besiedelt, die Straße kurvenreich, hügelauf, hügelab. Schwacher Lichtschein aus manchem Fenster. Silhouetten verkrüppelter Obstbäume. Im letzten Dorf, das sie passierten, eine schüttere Fichte mit vier Elektrokerzen auf dem Platz. In den Waldstücken und in den Senken Straßenglätte. Kaum Verkehr.

Sie hatten alles wieder und wieder durchgesprochen. Und noch einmal. Und dann noch einmal. Sie rechneten mindestens eine Stunde, mit allen Formalitäten. Während der letzten Fahrtkilometer war Theresa immer stiller geworden. Sie schaute in die Nacht.

Es wird alles gutgehen, sagte er.
Ja.
Fünf Klopfzeichen: Vorkontrolle.
Ja.
Vier Klopfzeichen: erster Schlagbaum.
Ja.

Drei Klopfzeichen: Grenzstation. Und noch einmal drei, wenn es länger dauern sollte, und dann nur mehr zwei beim zweiten Schlagbaum und eines –
Ja. Nur mehr eines im Niemandsland.
Bei der österreichischen Grenze keines mehr, das geht dann schnell. Ganz schnell.
Ja?
Ja.

Aufundabwinken einer Taschenlampe im dichten Schneegestöber, das vor kurzem eingesetzt hatte. Leichtes Schleudern beim Bremsen. Zwei Grenzpolizisten in langen, grünbraunen Militärmänteln, der eine ein Maschinengewehr im Anschlag, der andere ein Funkgerät an den Lippen. Blick in den Wagen – zwei Personen – die Pässe, die Pässe zurück. Winken: weiter!

Sie wußten, daß es kurz vor der Grenze diesen Vorposten gab. Sie hatten Theresa schon vorher in ihrer „Freiheitsschaukel", wie sie es nannte, versteckt. Sie war warm angezogen, hatte unter ihrem Mantel noch einen dicken Pullover an. Und dann die Pelzstiefel mit der dicken Sohle – das hatten Michael und Karl nicht berechnet. Alles war auf den Millimeter genau ausgemessen und gebaut. Der Schock, als sie dachten: es geht nicht. Alles umsonst. Umsonst, verstehst du?

Er hat erbrechen müssen, erzählt Andreas, während er aus dem Zugfenster ins Rote-Lackn-Tal schaut, es war der schlimmste Augenblick. Michael war ein Stück in den Wald hineingegangen und hatte in den frischen Schnee gekotzt. Als er zurückkam, war er gelb im Gesicht. Er trommelte mit den Fäusten auf den Kofferraum, weinte.

Und plötzlich war Theresa ganz da. Sie war sehr still gewesen während der letzten Stunde, hatte immer nur ihr Ja gesagt, auf alles, was wir ihr einzuprägen versuchten, auch für den Fall, daß der Kofferraum geöffnet und genau durchsucht werden sollte. Sie hatte immer nur ihr leises, wenn auch bestimmtes Ja gesagt, als ob sie ihrem Mund den Auftrag zu einem einzigen Wort gegeben hätte.

Schlagartig kam Leben in sie. Das wäre doch gelacht, sagt sie, zieht ihren Pullover aus und die Stiefel, ich gebe ihr noch ein zweites Paar Socken, sie wirft den Mantel hinter einen Baum und zwängt sich in den Hohlraum. Ihr langes, blondes Haar ist naß, auch ihre Schultern, ihr Gesicht. Sie kommt nur Zentimeter um Zentimeter voran, sie stöhnt, wir schieben und pressen.

Das Blech ist eiseskalt. Wir legen das schneenasse Haar um ihren Hals und streichen es glatt. Michael küßt sie auf den Scheitel. Als wir den Deckel schon zugeschraubt haben, sagt sie noch etwas, das fröhlich klingt. Wir können es nicht mehr verstehen. Wir montieren den Ersatzreifen, breiten eine Decke darüber, schlichten die Koffer, legen zwei Flaschen Wodka, die wir zum Verzollen anbieten wollen, und einen Karton böhmisches Kristallglas auf den Rücksitz und fahren los.

Andreas chauffiert. Michael gibt die Klopfzeichen, stoppt die Wartezeiten. Auf dem Eisenrost über der versenkten Ableuchtungsanlage müssen sie stehenbleiben. Michael geht mit dem Grenzwachebeamten in das Büro. Der Mann ist leutselig, bietet Michael einen Schluck heißen Tee an, deutet auf den Schneesturm draußen, lacht. Sie sind die einzigen. Kein Personenauto, kein Laster, Reisebusse damals sowieso noch nicht. Auch in der Gegenrichtung kein Verkehr.

Im warmen Wachzimmer bricht Michael der Schweiß aus, während es ihm kalt über den Rücken läuft. Der Grenzer schäkert mit einem Mädchen, das sich zum Gehen fertig macht, bietet auch ihr Tee an. Michael sieht, wie draußen ein Soldat seine Kalaschnikow von der Schulter nimmt, sie waagrecht in der Hand hält und auf das Auto richtet. Dann stellt er sie hinter sich an die Mauer, schlägt den Kragen seines Mantels hoch und reibt sich den Schnee von den Augenbrauen.

Sie öffneten nicht einmal den Kofferraum, schalteten die Tastscheinwerfer nicht ein. Fragten nur wenig, händigten die Pässe aus. Der Grenzer blieb im Türrahmen stehen, als Michael einstieg, tippte kurz an seine Mütze, grinste. Beim Schließen der Autotür hielt Michael mit der anderen Hand einen neuerlichen Brechreiz zurück.

Dann: zwei Klopfzeichen.
Im Schrittempo näherten sie sich dem zweiten Schlagbaum, der ihnen schon entgegenschwang. Sich hinter

ihnen wieder schloß. Die roten Lichter des Balkens blickten ihnen nach wie Augen.

Österreichischer Boden. Aufschrauben, Schreien, Lachen, Ziehen, Zerren. Michael schluchzt in ihr steifgefrorenes Haar. Theresa zittert am ganzen Körper. Sie hat Glieder und Kiefer nicht in der Gewalt. Ihre Augen schreckensgroß. Und dann, sagt Andreas, sagt sie, was mir rätselhaft blieb bis heute:

Wenn es genug ist, Liebling, bin ich dann tot?

IV

Allmählich verlieren die Hänge der Talschaft ihre Steilheit. Waldschluchten weiten sich in sanftere Hügel. Zurücklassen, was war.

Drüben, am jenseitigen Ufer, leuchtet die kleine Wallfahrtskirche in der Sonne. Gewunden führt der Weg hinab zum grünen Fluß, über die Brücke, unter der wir als Kinder auf der einzigen Sandbank der Gegend badeten. Jausenbrote, Himbeerkracherl. Die jenseitige Steigung des Weges immer noch so, wie sie gangbar war für Ochsen und Pferde.

Kreuzweg in den Wiesen, von Kirschbäumen gesäumt. Gasthaus mit heller Veranda für große Gesellschaft, Schattenkastanien. Der Blick weit zurück ins Tal. Horizonte fallen ineinander, Schnee glänzt von den Bergen. Verborgen die Rote Lackn.

Über die Liebenden und über die von Kummer Beladenen der Talschaft breitet Maria ihren Schutz. Ihr Mantel und ihr üppiges Kleid sind golden und golden sind Krone und Tuch über dem langen, gewellten Haar. Das Jesuskind sitzt locker auf ihren Knien, blickt heiter talauswärts und trägt einen Kranz gewundener Blumen in Händen. Zwei ernste Engel öffnen den goldenen Mantel Mariens. Er ist himmelblau gefüttert. Unter seinen Falten bietet er den Suchenden Schirm: zur Rechten, hierarchisch gegliedert: Kaiser, König, Edelmann... Nein, kein Kaiser. Nur einer kniet da mit der Krone:

.........., König, Edelmann,
Bürger, ..., ...

Für Bauer und Bettelmann war kein Platz oder kein Sinn. Links die Frauen: Königin, Edelfrau, Bürgersfrau. Knien, ringen die Hände, blicken auf. Nur eine wendet sich nach vorn. Sucht sie das Heil in der Welt?

Schutzmantelmadonna.
Geschnitzt 1515 im fernen Meran und bestimmt für den kaiserlichen Hof zu Prag. In Zeiten des Krieges – wer kämpfte wieder einmal gegen wen und warum? – war sie auf Nebenwegen, abseits der großen Heeres- und Handelsstraßen, in diesen abgelegenen Winkel gekommen, wo man sie zunächst vergaß und ihr schließlich auf dem Hügel das Kirchlein erbaute. Wallfahrtsort über die Hänge und Verhängnisse hinweg. Nie berühmt und reich geworden, wie andere weiter draußen im Land. Bescheiden und abseits, wie alles im Tal des grünen Flusses.

Wir mieden die Zeit der Mai-Prozessionen zur Madonna. Meine Mutter suchte den Schutz, wenn es still war. Sie zündete eine Kerze an. Legte ein paar grüne Zweige auf den kalten Stein vor dem Altar. War sehr mild, wenn wir stritten. Lehnte sich draußen an die Kirchenmauer, die die Wärme des Mittags in sich trug. Schaute nach Osten. Nach Osten.

Der Blick der Madonna ist nicht stolz, nicht gütig und auch nicht lächelnd. Ergeben vielmehr, so scheint es, in den Lauf der Welt. Warum steht sie nicht auf von ihrem goldenen Thron, wirft Engel und Mantel und Krone hinunter in die fetten Wiesen und schreit die Verfolger aller Flehenden an: Jetzt ist es endlich genug!

Der Fluß hat seine klare Farbe erhalten. Im Winter wechselt sein Smaragd in Weißgrau. Rehbraune und fast schwarze Moosinseln schimmern vom Grund. Rauhreif auf Erlen und Haselgebüsch. Die Räder der alten Gewerke und Manufakturen stehen seit Jahrzehnten still, verfaulen, verrosten: Hammerwerke, Zainhämmer, Schmieden. Wagen-, Huf- und Hakenschmieden, Klingen-, Sensen-, Nagel- und Ahlschmieden. Niemand braucht mehr Sensen und Sicheln, Taschenfeitel, handgetriebene Nägel oder Reifen für die Fässer des Mosts.

Spätestens in den Jahren zwischen den beiden großen Kriegen hatten sie ihre Würde und ihre Arbeit verloren: Eßmeister, Abrichter und Bröckelheizer, Ausspitzer und Warzenmacher, Märker, Beschneider, Härtner, Anlasser, Ruckenrichter, Glänzer, Dengler und Ziertupfer. Herumlungernd die Eisengschmeidler und Gitterstricker, Messerer und Feilenhauer, Schleifer und Gelbgießer. Ein Heer von Arbeitslosen in den Tälern, willkommene Beute fürs kollektive Heil und willfähriges Futter für Kanonen.

Richtung Norden weitet sich das Tal ins Flachere. Bauernland reicht, wie im Ursprungsgebiet des Flusses um das

Dorf der Roten Lackn, in die Böschungen hinein. Obstbäume und Wiesen bis an die Ufer, milderes Klima, an manchen Hauswänden Wein. Heuschober für verschwiegene Liebe. Goldene Felder, speckige Furchen, häßliche Getreidesilos. Baumärkte, Autoverkaufsplätze. Zunehmend verhäuselt und verhüttelt das Tal, das seinem Ende zugeht.

Flußabwärts, schon in der Nähe der Stadt, noch die verfallene Vorvergangenheit: die einst weltberühmten Industrieanlagen aus der Gründerzeit. Ungenützt die kunstvoll errichteten Kanäle und Schleusen, Wehren, Brücken und Stege. Wie Mahnmale stehen die Zahnräder rostrot in der feuchten Luft. Die Scheiben der Fabrikshallen eingeschlagen. Moos überwuchert die Backsteinschlote. Der eiserne Gartenzaun des Herrenhauses liegt umgestürzt in den Brennesseln. Architekturstudenten kommen. Vermessene Zeit. Zwischen den Nebengeleisen der Schmalspurbahn blüht üppig die blaue Wegwarte. Das Zigeunermädchen Sidonie war hier zu Hause, bevor es geholt wurde, abtransportiert aus dem Tal der Roten Lackn in Stacheldraht und Tod im Schatten anderer Schlote.

Asphalt ist über die Landstraßen gelegt. Längst ist Gras gewachsen über die Blutspur an den Rändern. Niemand will es mehr wissen, niemand etwas gewußt haben. Nur ein paar, die damals noch Kinder waren im April 1945, noch zu jung, um zwischen Täter-Sein und Opfer-Werden entscheiden zu müssen, sie erzählen vom Befehl aus den Lautsprechern, der alle in die Häuser trieb, und dann vom heimlichen Blick aus verhangenem Fenster:

Sie erzählen vom Todesmarsch der ungarischen Juden, die durch das untere Tal getrieben wurden: Hunderte, Tausende, Fetzen an Füßen und Körpern, Haut und Knochen und Augenhöhle. Sie klaubten Schnecken vom Wegrand und rissen sich Gras von den Hauswänden in den Mund. Geschlagen, erschlagen, erschossen: die sich um einen Erdapfel bückten oder um ein Stück Brot, das eine barmherzige und mutige Seele aus dem Fenster geworfen hatte. Erschlagen, erschossen, mit der Stiefelspitze in Graben und Fluß gekippt: die nicht mehr weiterkonnten, die hinsanken in den Staub zwischen den schlurfenden Schritten der Kolonne.

Die Schwarzkragen mit dem Totenkopf waren die Mörder, hieß es später. Aber in den Annalen findet sich dieser und jener aus dem Tal, ganze Mannschaften, rekrutiert aus den am Weg liegenden Gemeinden. Und die Pfarrer waren entsetzt und blieben in ihren Sakristeien.

Das Rot zeichnet Punkte, Linien und Schlieren.
Muster im Tal.

Alles fließt hinaus zur Stadt: Wasser, Verkehr, Geld, Gedanken, Arbeitskraft. Handwerks- und Handelszentrum seit Jahrhunderten. Einst bedeutend, heute bedeutungslos.

Eisenzentrum.
Manufakturzentrum.
Industriezentrum.
Waffenzentrum.

Rüstungszentrum für die k. u. k. Monarchie. Später für das tausendjährige Reich. Ein erfolgloses Realschuljahr hatte der Führer hier verbracht. Das Haus am Grünmarkt, in dem er zur Untermiete wohnte, ließ er nach dem Anschluß unter Denkmalschutz stellen. Es war das Haus des besten Bäckers der Stadt. Duft von frischen Semmeln jeden Morgen an unserer Gartentür, weißes Säckchen aus grobem Leinen, rotes Band. Erinnerungen, die durch Gerüche erwachen. Lehrbub, großer Buckelkorb und Fahrradspuren im frischen Schnee.

Josef Werndls Bronze-Denkmal stand an meinem Schulweg. Vergißmeinnichtumstanden. Am Beginn der Stadtpromenade, früher Franz-Josephs-Platz. Jovial weist der Herr vieler Industrien auf vier Arbeiter zu seinen Füßen, deren jeder ein anderes Eisen-Handwerk symbolisiert. Schon Vater Leopold hatte in seinen Fabriken Objekte für das Schmieden, Bohren und Läutern von Waffen erzeugt, Säbel- und Bajonettklingen, Lanzenspitzen, Infanteriestutzen und Pistolenläufe. Josef aber, gut ausgebildet in der Metropole Wien und in den USA, gelang, unterstützt vom genialen Werkmeister Karl Holub, der große Coup:

Josef sitzt in der Kirche, St. Michael geweiht, dem Streitbaren, der mit weit ausgespannten Flügeln auf dem barocken Frontfresko auf die Stadt zustürzt, das Rauschen der Mündung des grünen Flusses zu seinen unirdischen Füßen. Josef sitzt in der vordersten Bank und hält Andacht. Frau und Kinder neben ihm, wohlerzogen. Orgel und Weihrauch und vom Altar her der Duft dunkelroter Pfingstrosen, die im Volksmund „Blutrosen" genannt werden. Josef schaut auf den Tabernakel. Gebet, Lied, Litanei. Der Tabernakel dreht sich. Hostie und Lamm Gottes. Der Tabernakel verschiebt in sich die Ebenen. Das Blut Jesu. Steigt, fällt, dreht sich, fügt sich. Wunderwerk.

Der Tabernakelverschluß wurde die entscheidende Erfindung für das neue Hinterladergewehr der Armeen Kaiser Franz Josephs. Für die Schlachten von Solferino und von Königgrätz im Sommer 1866 kam es zu spät. Rechtzeitig aber für jeglichen Tod.

Seinen Arbeitern ließ Werndl zukunftsweisende Siedlungen bauen, kümmerte sich um Schulen, Krankenversorgung und Pensionsregelung. Die 14 Industrieanlagen wurden 1869 zur „Österreichischen Waffenfabriksgesellschaft" zusammengeschlossen. Im ersten Geschäftsbericht erfuhren die Aktionäre: *Die uns gehörigen Fabriken sind das bedeutendste Waffen-Etablissement der Welt, ihre Leistungsfähigkeit übersteigt jene der berühmten Colt-Fabrik in Hartford, Connecticut, sowie jene der Small Arms Compagnien in Birmingham und London; sie ist größer als jene der gesamten Waffenindustrie Lüttichs, als alle Fabriken Preußens und erreichte die Produktion der vier französ. Fabriken in Saint-Etienne, Chatelleraut, Tulle und Mutzig zusammengenommen.*

Mein Urgroßvater starb vor Königgrätz.
Mein Großvater am Isonzo.
Mein Vater in Rußland.
Meine Mutter an Kummer.
Witwen. Waisen.
Das Rot sickert durch das Leben.

*

Seit drei Jahren leitet Theresa einmal pro Woche den Französischkurs an der Volkshochschule. In Dresden hatte sie sieben Semester Romanistik studiert. Wir sind nur eine Handvoll Leute, aber die kommen gern. Theresa ist eine einfühlsame Lehrerin. In den Räumen unserer Klasse in einer ehemaligen Notariatskanzlei hängen Zitate von Voltaire, Condorcet, Rimbaud, Proust, Jacques Prévert, Levi-Strauss und anderen.

Eine alte Dame kam in den ersten Monaten regelmäßig. Sie war gebrechlich, aber gepflegt, weiße Löckchen rund um ein fast faltenfreies Gesicht. Sie nahm nicht aktiv teil, hörte jedoch aufmerksam zu, und wenn sie etwas gefragt wurde, wußte sie Bescheid. Als junges Mädchen war sie ein Jahr in einem Pensionat in Lausanne gewesen, um Französisch zu lernen. Wie alle „höheren Töchter“, sagte sie und lächelte verlegen, als ob sie sich dafür entschuldigen müßte. Im Elferjahr wäre das gewesen, noch im Frieden, der erste Thronfolger hätte sich schon umgebracht gehabt, aber der zweite war noch nicht erschossen. Manchmal schlief sie während der Unterrichtsstunde ein. Erwachend, schien sie sich zu schämen, umfing dann aber die Menschen um sich mit Wärme und Dankbarkeit. Nicht allein –

Eisregen auf den Straßen. Sie fürchtet das Queren des Flußsteges. Ich bringe sie mit dem Auto nach Hause. Sie wohnt in einer Villa am Stadtrand. Die Straße war jüngst Gegenstand von Bürgerprotesten: die Stadtgemeinde hatte unter dem Vorwand einer Baumkrankheit die Ahornallee geschlägert, um Parkplätze für das neu errichtete Bezirksgericht zu schaffen.

Plauderei. Die alte Dame kennt das Dorf unter der Roten Lackn. Vor und nach dem Krieg war sie mit der Familie mehrmals auf Sommerfrische dort. Im letzten Kriegsjahr, als die Rüstungsstadt bombardiert wurde, war sie sogar ein paar Monate in einem der Bauernhöfe evakuiert. Schön, ja, die Landschaft und die Berge. Nur manchmal etwas unheimlich. In jenem Haus, in dem sie mit den Kindern und Enkelkindern gewohnt hatte, sei über dem Gesindetisch des Vorhauses ein großes Bild vom „Frankenburger Würfelspiel" gehangen: der Statthalter mit purpurnem Mantel in der Mitte, gestützt auf ein riesiges Richtschwert. Hinter ihm seine Waffenknechte, die Pferde am Zügel. Die Bauern unter der deutschen Eiche knien im Gras und würfeln um ihr Leben. Die Obrigkeit nennt es Gnade. Rettung da, Enthauptung dort. Einer umfaßt den schwarzen Stiefelschaft des Statthalters. Eine junge Frau mit einem Säugling an der Brust wirft sich zu Füßen des Herrn über Leben und Tod.

Sie habe noch ein paar alte Photos aus dieser Zeit, sagt sie. Sogar in Farbe. Ihr Mann sei einer der ersten gewesen, der mit Agfa Color photographiert habe. Sie zeige sie mir gerne einmal. Die Ochsen mit dem hölzernen Joch im Hof, der Brunnen, die Garben geschnittenen Korns im Gegenlicht, der Mostkrug, der von einem zum andern ging bei der Rast. Auch von der Karalm habe sie schöne Bilder mit der Sennerin Franziska, die für ihren Kaiserschmarrn berühmt gewesen und deren Tochter Marieli vor ihrer Hochzeit das begehrteste Mädchen im Dorf gewesen sei. Und leiser, mit der Scheu vor Privatem: Auch ihr gefallener Schwiegersohn sei noch abgebildet, auf seinem letzten Fronturlaub, mit ihrer Tochter, die dann so früh gestorben sei; und der Sohn, der damals gerade aus einer der NAPOLA genannten „Nationalpolitischen Erziehungsanstalten" zurückgekommen sei und der jetzt als berühmter Professor in Deutschland lehre.

Ja, ich komme gern, wenn einmal Zeit ist –

Und dann kam die alte Dame nicht mehr.
Schlaganfall, hieß es.
Ich werde sie besuchen.
Nächste Woche.
Nächsten Monat.
Nächstes Jahr.

Dann war sie tot.

Sie stand am Fenster, sah die Ahornbäume, die es nicht mehr gab. Sah die spitz gezackten Blätter, das Gelb, das Rot und das Rotgelb und wie die Sonne es erzeugte und darin spielte. Wenn jemand das Wort „leuchten“ sagte, dachte sie nicht an Kinderaugen und nicht an Kerzen, sie dachte an rotgelblustige Ahornkuppelalleen, locker die Blätter, fragile, dachte sie, sie hatte als junges Mädchen Französisch gelernt. Wenn die Tage noch warm waren und das Fenster offenstand, konnte sie die Blätter fallen hören. Sterben hat seinen Ton. Sie war auf ihn gestimmt.

Wenn es regnete und Nässe die Blätter zur Erde zog, fühlte sie das Glitschige unter den Füßen, wenn man drüberging, vorsichtig. Nicht in diesem Herbst. Sie konnte die Wohnung nicht mehr verlassen, das abbröckelnde Gelb des Hauses nicht mehr von außen sehen, die weißen Fensterkreuze, den komischen Turm hinter der Zeder, in dem sie ihr Schlafzimmer hatte. Sie konnte nicht mehr gehen, nicht mehr weit.

Sie trug die Farben und Formen in sich und sah das Weiß des neuen Bezirksgerichtsgebäudes gegenüber und die schrägen, braunspiegelnden Glasflächen, sah die Straße, die breit erschien ohne Stämme und Kronen und Verbergendem, die Straße, die festgerade Unterlage geworden war für rollende und parkende Reifen, kein Weg mehr von Haus zu Haus, von hier zum Nachbarn und zum

Guten Morgen. Die Menschen, die auf dem Trottoir gingen, das immer noch am schmiedeeisernen Zaun des Gartens entlangführte, sahen kleiner aus als früher unter dem Blätterdach und ihr Schatten folgte ihnen exakt, als ob sie auf Schritt und Tritt die Entscheidung fällen müßten, die sie sonst vor sich hertrugen und die sie nirgends mehr vertraulich deponieren konnten, bis sie zurückkamen. Vielleicht gingen sie deshalb so schnell.

Vielleicht lag es auch an ihren Augen, die Umrisse nicht mehr klar fassen konnten, auch mit der Brille nicht, die sie meist verlegt hatte. Sie sah jedoch gut genug, um die drei Leute zu erkennen, die sie noch kannte und auf die sie wartete einen langen Tag lang. Wartete, daß sie vorübergingen, den Kopf nach ihr wandten über die Stäbe des Gitters, hinauf zum Fenster im ersten Stock, über den Raum, der Nichts war und Nähe werden konnte, wartete, auf ein Wort, auf ein Winken, ein schnelles Lächeln. Warten auf das Vertraute, frag mich nicht, was das ist, eine Häkelmasche vielleicht, die dazukommt, nicht getrennt wird, aufgetrennt ins Leere.

Ihre Ellenbogen schmerzten. Die Nerven lagen dicht am Knochen und dicht unter der Haut, fühlbar nach beiden Seiten. Der kleine, weiche Polster, auf den sie sich immer stützte, war zu Boden gefallen, sie konnte sich nicht bücken, sie mußte ihn liegen lassen bis zum nächsten Morgen, bis Anna kam um acht Uhr und das Frühstück machte und frische Luft hereinließ und das feuchte Bett wechselte und ihr waschen half und die weißen Haare scheitelte über den schmalen Schläfen und das vorgekochte Mittagessen auf den Herd stellte und von draußen erzählte und um zehn wieder ging. Und das Leben mit sich nahm über den Kiesweg und das quietschende Gartentor hinaus in den Ablauf der Dinge, in den Ablauf des Tages, in die Bewegung des Vorübergehens und das Stillstehen der Zeit zurückließ, das Warten ohne Erwartung. Und die Stunden, die die ziselierte Wanduhr schlug mit klingendem Ton aus dem Innern, das noch Höhle war, setzten sich nicht fest in einem Wunsch oder einer kleinen Zukunft.

Der Enkel schrieb aus Hamburg, er lebe, ja, er komme bald, er lebe in einem Haus, das das Dach geöffnet habe in der Mitte zum Himmel, so schön, den Mond des Nachts hereinleuchten zu sehen, die Sterne, das Hell-Schwarze der Nacht. Oh Gott, kein Dach über dem Kopf, kein Schutz in meiner Blöße, ich möchte nicht obdachlos sein unter meinen Fragen, die niemand hört.

Sie suchte den Stock, der zwischen Fenster und Kommode lehnte, die Kommode, die seit neunundfünfzig Jahren da stand. Sie fühlte die Kühle der Politur, die immer eine Art von Versuchung in ihr erweckt hatte, Lust auf Unbestimmtes, lächerlich, unerklärbar, aber sie blieb stumm, es gab keine Zwiesprache mehr mit den Dingen, die sie umgaben, sie wurden nur noch benützt. Papiere und Dokumente ihres verstorbenen Mannes waren in der ersten Lade, in der zweiten seine Hemden, die Taschentücher, Bug auf Bug gelegt. Seit langem schon wollte sie die einen ordnen, die anderen verschenken. Aber sie ließ sie liegen, sie waren abgerückt von ihr wie ein zu weit gewordener Kragen.

Unsicher trippelte sie über die Falten des Teppichs zum Bett, das hoch war und angenehm zum Sitzen am Rand. Die Beine baumelten in der Luft, das tat gut, denn die Fußsohlen brannten. Sie stützte den linken Arm auf die Lehne des Sessels, den ihr Anna als Hilfe zum Aufstehen neben Bett und Nachtkästchen gestellt hatte, sie legte den Kopf auf Hand und Lehne, es war ihr schwindlig. Nicht mehr ohne ständige Betreuung, hatte der Arzt im Krankenhaus gesagt, als sie nach dem Schlaganfall wieder nach Hause durfte. Oder Heim, Heim wäre das beste. Kein Heim, ich bitte dich, nicht in ein Heim, laß mich nach Hause, laß mich, ich kann schon, ich ... Die Tochter, die ihr geblieben war, wollte sie nicht lassen, glaubte nicht an ein Ich, das es da noch gäbe. Sie hatte Angst und ein schlechtes Gewissen und – was sie auch sagte – ihr eigenes Leben.

Das Schälchen mit den Tabletten für Mittag und Abend erzeugte einen schrillen Ton, als sie es mit dem Kopf umstieß, der von Hand und Lehne auf die Marmorplatte des Nachtkästchens gefallen war. Niederlegen, dachte sie, zu liegen kommen. Sie mühte sich. Aber die Beine.
Aber es ging.

Es war auch damals gegangen. Nur wollen muß man, dann kommt man weiter im Leben, hatte ihr Mann

immer gesagt, was mich nicht umbringt, macht mich nur härter, er war niemals krank gewesen und niemals allein, er war Notar und wußte, was die anderen wollten. Sie wollte nach Hause, damals. Wahnsinn, sagten alle, Starrsinn, das Heim sei gut, das Bett und das Essen auch, sei froh, daß du einen Platz bekommen hast. Aber sie wollte in kein Heim, sie wollte heim. Auch hatte sie wenig Hunger und wenig Schlaf. Sie war bedürfnislos, aber sie hatte große Sehnsucht. Aber die Einwände.
Aber es ging.

Als sie erwachte, war sie müde. Sie wußte nicht, wie spät es war, wollte den Kopf schräg nach hinten zur Wanduhr drehen, vergaß es aber wieder. Irgendwann suchte sie mit der rechten Hand nach dem kleinen Radio, das irgendwo auf der leeren Hälfte des Bettes lag, ein dicker Polster, ein Kapriezerl, die Steppdecke, die Tuchent, wie immer. Das Bett war bedeckt mit Zeitungen und Zeitschriften aus den letzten Monaten, *Neue Post* und *Bunte*, es waren Bilder darin und kurze Geschichten, wie Menschen geholfen wurde, den langen Atem für Bücher hatte sie nicht mehr und französische waren nur noch gehegte Erinnerung. Ihre Tochter hatte ihr einen modernen Radioapparat mit Programmvorwahl-Taste gekauft, aber sie verwendete ihn nie, nahm ihren alten, der gestört war und rauschte, aber sie wollte nicht Programme wählen, nur die Stille töten und vielleicht einmal ja sagen können, wenn sie etwas verstand, oder nein, so ein Blödsinn, ich hätte..., teilhaben an draußen, Teil haben.

Wenn dieses Schütteln von innen kam, wenn die Kehle trockener wurde und das Trinken des lauen Wassers nichts nützte, holte sie die Briefe des Sohnes und des Enkels aus der Lade des Nachtkästchens, wie alle alten Frauen, die Briefe lesen, sie wußte es aus den Filmen im Fernsehen aus jener Zeit, als sie noch besser sehen konnte, sie las es in den Trostgeschichten der Zeitschriften, die neben ihr auf dem leeren Bett lagen, sie wußte es, aber sie nahm die Briefe trotzdem und konnte nicht lachen über sich. Die des berühmten Sohnes ließ sie gebündelt mit dem roten Faden. Nie schrieb er von irgendeiner Frau oder einer Liebe, er konnte offenbar keine finden. Und immer wieder fragte er, warum sie ihm das angetan hätten, damals, ihn als Neunjährigen in die NAPOLA zu schicken, ach warum, ja warum, das war die Zeit damals und eigentlich waren alle stolz darauf, das war doch eine Ehre und eine gute Versorgung für die Zukunft, aber das ist so lange her, und sie wußte keine Gründe mehr, und dann erzählte er von seinen Erfolgen als Professor der Germanistik, nicht weil er sich rühmen, sondern weil er ihr eine Freude machen wollte, aber von Goethe und Hölderlin und Heine verstand sie nichts.

Sie nahm die Briefe des Enkels, legte sie auf ihre flache Brust und griff ihr weiches Papier. Sie glaubte daran, daß der Ton seiner Schritte Widerhall gab und daß die Linien des Horizonts sich einmal schneiden würden mit dem, was er vor Augen hatte. Sie wußte, daß da Leben weiterging, an dem sie mitgeformt hatte, Leben, das die Tage in die Hand nehmen und sie mit Wärme füllen würde. Kind ihres Kindes war er, Sohn der jüngeren Tochter, die, als ihr Mann im Krieg geblieben war, abgeschossen in der Luftschlacht über London, leise vor sich hinstarb. Und als das zu Ende war, war sie von da an alt und ohne Mut, aber ihre Liebe trug sie nicht zu Grabe, und sie versuchte, sie in den Enkel einzubetten, den sie erzog. Die Briefe der Tochter, die Leben als Aus-Leben begriff, aus, ja, aber anders, öffnete sie seit einem halben Jahr nicht mehr, so viel Kraft hatte sie noch.

Ein Rauschen schreckte sie auf. Es dauerte eine Weile, bis sie erkannte, was es war. Regen, es ist nur ein Regen. Noch nicht so finster, daß man Licht machen müßte. Sparen, Kinder, dreht's das Licht ab, tut's nicht so verschwenden. Zwei Kriege, die Notzeit dazwischen, und Wilhelm, ihr Mann, war ein strenger Rechner gewesen, er mochte es nicht, wenn eine Lampe zuviel brannte, wenn etwas nicht aufgegessen wurde oder ein Sessel zuviel am runden Tisch stand, obwohl es ein offenes Haus gewesen war, viele Gäste immer... Wilhelm war gerecht und gesucht bis weit in die Täler hinein als Fachmann für bäuerliche Erbschaftsangelegenheiten. Auch Lukas und Marie aus dem Dorf unter der Roten Lackn hatten vor ihrer Hochzeit bei ihm Rat gesucht: was tun, wenn man sein Erbe verliert, weil man eine liebt, zu der die Leute „Zigeunerin" sagen?

Ja, Wilhelm war ein strenger Rechner; er wußte auch die Anzahl der eisernen Stäbe des gewölbten Steges über den Fluß und er kannte die Anzahl aller Stufen aller Stiegen in der Stadt an der Mündung. Nicht nur ihre Summe, auch die Zahl der einzelnen Treppenabsätze und der gehbaren Zwischenräume: Bergstiege 8, 8, dann 16, nochmals 8..., Schulstiege 4, 3, 7, 11 und wieder 4...

Und er kannte die Anzahl und die Größe der Einschüsse in der hohen Steinmauer gegenüber der Hauptschule, die so lange zu sehen waren, bis die Mauer abgerissen wurde und der verwunschene Garten dahinter einem Einkaufszentrum weichen mußte. Die Einschüsse stammten aus der Zwischenkriegszeit: 80 Prozent Arbeitslose, als die Fabriken stillstanden in der Waffenstadt. Nichts zu essen, nichts zu heizen, nichts zu leben, nichts zu hoffen. Und plötzlich wurde geschossen.

Die Arbeiter schossen von ihren Siedlungen auf der erhöhten rechtsufrigen Flußterrasse hinunter auf die Bürgerstadt, auf Stadtplatz und Promenade und Josef Werndls Denkmal, auf Garnison und von weit und in Eile hergeholte Soldaten. Und es wurde zurückgeschossen, und die Macht war in ihrem Rücken, und es wurde gesiegt und besiegt, und die Toten lagen hüben und drüben, und das Elend war größer als vorher. Und einer mußte ja der Rädelsführer gewesen sein und einer mußte ja hingerichtet werden.

Ja, viele Gäste immer, die meisten gestorben, Freunde waren es wenige gewesen, aber viel Besuch, immer Trubel, Lachen unter den Geweihen, Wilhelm war ein großer Jäger gewesen, und das häufige Öffnen der Türen und das Knirschen der Schritte auf dem Kies.

Es war eine Überraschung, zum 80. Geburtstag, alle waren sie da, die noch lebten, sie mußten Sessel ausborgen und das schöne Meißner Porzellan mischen mit den abgeschlagenen Küchentellern, und es wurde ihr zugeprostet und sie wurde hochleben gelassen. Sie saß klein in dem Ohrenfauteuil, in dem weinroten Kleid, das an Brust und Bauch Falten schlug, mit der Brosche am lockeren Ausschnitt. Vornübergebeugt saß sie da und grub die Finger in den speckigen Stoff der Armlehne, um mehr Kraft zum Horchen in die Ohren zu leiten, und alle lachten und fragten und gaben sich preis und suchten diejenigen Stellen in ihrer Erinnerung, die sich deckten, sie redeten vor ihr und über sie hinweg und durch sie hindurch, sie verstand nichts, die Vielzahl der Stimmen und der ungewohnte Lärm verwirrten sie, schmerzten hinter der Stirn, und sie fühlte, wie der Geruch von ihr aufstieg, die Operation war umsonst gewesen vor Jahren, sie schämte sich. Leiser bitte, langsamer, schreit nicht so, es tut mir weh, ich bitte euch, aber sie getraute sich nichts zu sagen.

Sie fror. Die Wohnung war noch nicht geheizt. Auch von unten kam keine Wärme, die Zimmer im Parterre der Villa standen leer seit eineinhalb Jahren. Den Elektrostrahler hatte man vor ihr versteckt, zu gefährlich, einmal wäre sie fast abgebrannt. Auch in der Küche am Gasherd waren drei Leitungen abgesperrt, nur auf einer Flamme durfte sie ihr Essen oder Wasser für einen Tee wärmen. Sie hob den Deckel, es roch nach nichts, aber sie wußte, daß Anna gut kochte, sie hatte es ihr ja selbst beigebracht, vor vierzehn Jahren, als sie sie von der Schule weg zu sich genommen hatte, Kind von Säufereltern, jetzt hatte sie selbst drei Kinder, wenig Zeit, zwei Stunden am Tag, ja, diese zwei Stunden. Alles mit Fürsorge zubereitet, püriert, vitaminreich und nicht zu viel gesalzen, das war schlecht für ihre geschwollenen Beine. Sie rührte mit der freien Hand, mit der sie sich nicht stützte, den Kochlöffel im Uhrzeigersinn und freute sich ein wenig auf das Essen, obwohl sie keinen Hunger hatte, obwohl Mittag schon längst vorüber war, das fühlte sie am leisen Licht des Regennachmittags, aber es war wie eine kleine Erhebung in der gerad-gleichen Linie des Tages. Sie aß in der Küche, sie hatte das nie gemacht, auch Kleiderschürzen nie getragen, sie hatte ein anderes Bild von sich. Sie nahm das Silberbesteck, den Löffel, die Gabel, das Messer, alles andere hatte die Tochter verkauft, um jenen Betrag für das Krankenhaus zu begleichen, der von der Versicherung nicht gedeckt war, der Silberkurs stand gut vor einem halben Jahr. Sie stellte das Geschirr in die Abwasch, blieb eine Weile stehen, über das Becken gebeugt, sie fühlte einen leichten Brechreiz und überlegte, als er vorüber war, welcher Tag der Woche heute sei, Mittwoch, Donnerstag oder schon Samstag, nein, Anna hatte gesagt: auf morgen also, und am Wochenende kam sie nicht. Da läutete abends nur manchmal das Telefon, sie hatte sich die Klingel verstärken lassen, sie schreckte jedesmal zusammen, es schlug in sie ein, das schmerzte, der Sohn fragte oder der Enkel oder die Tochter, fragt mich nichts, danke gut, keine Sonne, nein, und die Worte wirkten nicht in den Abend hinein, hellten ihn nicht auf, gaben ihm keine Besonderheit.

Die weißen Blätter lagen vor ihr, am Briefrand links oben ihr Name, ihre Adresse auf Klebefolie, gedruckt in Antiqua. Ihre Hand zitterte, sie legte die linke auf die rechte, um diese zu beruhigen. Sie konnte nicht herausfinden, wem sie schreiben wollte und was, und wartete geduldig und still auf sich. Warte, laß werden... Aber beginnen, wenigstens beginnen, einen Strich setzen gegen die Zeit, die stand und harrte und sich nicht rührte. Mit der Tochter war sie zuletzt hier am Schreibtisch gesessen, das Testament, hast du schon, du mußt doch, den Ring, die Brosche, die Möbel, das Haus. Sie hatte zugehört, dann die Feder geschlossen. Kein Wort geschrieben, keines gesagt. Sie war aufgestanden, sie hatte noch genug Willen in sich gefühlt, um dies nicht für ihren letzten zu halten, war aus dem Zimmer gegangen, aus dem Haus und hatte sich stark gemacht für die Gegenwart.

Lieber... – das war so weit weg, aber Anna, liebe Anna... Als sie weiterschreiben wollte, sie wolle sagen..., sah sie, daß ihre Schrift nicht zu lesen war, bizarre Zacken schwarz auf weiß, nur der i-Punkt als solcher zu erkennen, sonst nichts. Zacken, nebeneinander, übereinander, durchgestrichen, durchkreuzt, wie die Stäbe, ja, wie die eisernen Stäbe des Gitterbettes im Krankenhaus, wenn sie zur verzerrten Gestalt aufgetaucht waren zwischen Schlaf und Schmerz. Sie nahm eine neue Seite, versuchte es noch einmal, suchte der rechten Hand Kontrolle zu geben durch den Druck der linken, liebe Anna, ich möchte Dir noch sagen, ich möchte Dir danken, nicht zittern, ich möchte Dir, Du sollst wissen... Sie ließ die Feder fallen, sie weinte. Vergeblicher als Zeichen im Wind, eine Möwe könnte sie in ihrem Flug erkennen.

Sie stand am Fenster, sah die Ahornbäume, die es nicht mehr gab, die Menschen, die nicht vorübergingen. Schnelle Schatten von Autos. Schräg das Fallen des Regens im Wind. Das Fensterbrett war kalt und hart, der Polster lag am Boden, ihr leichtes Gewicht dennoch schwer zu tragen. Sie wartete. Sie sah das Erlöschen von Licht, das Aufglimmen von Straßenlampen an schwarzen Drähten, quergespannt durch den einfallenden Nebel. Die schwindenden Umrisse drängten in die Form eines Kreises, der sich zu drehen begann. Herr..., Herr..., rief sie – seinen Namen hatte sie vergessen –, als sie ihn kommen sah auf dem Trottoir von links nach rechts am Gitter des schmiedeeisernen Gartenzaunes entlang stark ausschreitend und den Schirm vor sich herstoßend wie einen Schild, Herr, rief sie, sie klopfte an die Scheiben, zweimal, dreimal, sie wollte das Fenster öffnen, rüttelte, warten Sie doch, das Fenster war festgemacht vom Schlosser, Auftrag der Tochter, die sich sorgte, damit der Mutter nichts passiere, damit sie nicht hinausfalle, kommen, Herr, bitte, bitte kommen, aber ihre Stimme war tonlos und ihr Pochen ans Glas ohne Kraft und der Regenwind laut am Asphalt ohne dämpfende, rutschige Blätter des gelbroten Ahorns und als sie die Hände zur Gebärde des Bittens aneinanderlegte, versagten ihre Knie und als sie in sich zusammensank und als sie fiel –

V

Ende der Talschaft, Ende des Flusses, der sich vermengt mit dem stärkeren Strom, der aus dem anderen Gebirge kommt. Nur eine Weile noch sieht man Grün in Grün sich mischen, dann bleibt eine Farbe, ein Gleiches. An den Kais noch die Eisenringe für Flöße und Lastkähne. Kirchen säumen das Rauschen. Ein Fels über der Wehr. Ort von Schuberts Forellenquintett. In der steilen Gasse dahinter das Bordell.

Auf eiserner Latte die Hochwassermarken: Wiederkehr der Naturkatastrophen durch die Jahrhunderte hindurch. Der ganze Stadtplatz unter Wasser, zerstörte Werkstätten, überflutete Speicher, mitgerissene Brücken. Menschen verloren ihr Hab und Gut oder ihr Leben. In solchen Zeiten soll die Schutzmantelmadonna im oberen Tal viel besucht gewesen sein.

Am mittelalterlichen Platz das Museum der Stadt und der Talschaft. Im Erdgeschoß die Waffen aus den Zeiten der Bauern- und Reformationskriege. Langschwerter, Hellebarden, Nagelprügel und verstärkte Sensen, Schwungkugel und Morgenstern. Ölgemälde an den Wänden: Himmel, an dem kein Stern steht, aufgerissene Münder, der Bader beugt sich über Wunden, kein Wunder geschieht vor einer grellweißen Kapelle, Menschen und Pferde verrecken, Ströme von Blut sickern in die aufgebrochene Erde. Noch heute träume ich davon, wenn die Zeit der Angst ist.

Im zweiten Stock des Museums war früher das öffentliche Leben der Stadt zu sehen, die Arbeit, die Feste, die Gerichtsbarkeit, der Pranger mit den eisernen Hals- und Fußringen, mit denen die Beschuldigten an den Pflock gekettet waren; auch die Schandmaske, auf die jeder Mann und jede Frau spucken konnte. Vor allem Ehebrecherinnen habe man auf diese Weise ihrer gerechten Strafe anheimgegeben, hatte der Geschichtsprofessor uns Schülern beim Museumsbesuch erklärt.

Niemand schützte dich, Franziska, vor der Gier des Bauern und vor seiner Lüge. Schuld, ach, welche Schuld. Strafe. Verhängt. Von wem über wen?

In der dunklen Seitenkammer des dritten Stocks glimmt ein elektrisches Lämpchen unter erkaltetem Schmiedeamboß, verstauben der Lederschurz, der Blasbalg, die Hämmer, Zangen und Sensen. Rot die Glut auch im Erker: Lagerfeuer auf einem nachgestellten, mit Photos ergänzten HJ-Lager: lustige Buben in kurzen Leinenhosen, weißen Kniestrümpfen, Gürtel mit Koppel, kurzärmelige Hemden, schwarzes Tuch um den Hals, von geflochtenem Lederknoten zusammengehalten, Hinterkopf hoch hinaufgeschoren, Zelte, improvisierte Turngeräte, Formationen, Wimpel und Fahnen und drei lachende HJ-Führer.

Ein Mann steht davor, die Arme vor der Stirn gekreuzt, als ob er etwas abwehren müßte. Es ist der Sohn der alten Dame aus dem Französischkurs. Ich habe ihn kurz bei

Theresa kennengelernt. Er übergab Theresa nach dem schriftlichen Wunsch seiner Mutter deren gesamte französischsprachige Bibliothek und mir eine kleine Sammlung blaßfarbener Photos von Landschaft und Bauerngehöften aus dem Gebiet der Roten Lackn. Diejenigen Bilder aus den letzten Kriegsjahren und den ersten beiden Nachkriegssommern, auf denen Menschen abgebildet waren, vermachte sie ihrem Enkel.

Wir gehen ins Café am Kai, trinken heißen Tee, das Museum war kalt und modrig. Wir reden über die Kindheit, die Fügungen des Zufalls, die heißen Sommerferien am roten Teich, die Kapelle unter der uralten Linde, die Zentrum der umliegenden Höfe ist. Den trostreich-trostlosen Spruch rechts vom Gekreuzigten auf gekalkter Mauer versuchen wir uns lachend ins Gedächtnis zu rufen:

Freiheitssehnen, Seelenleid.
Ja die ganze Not auf Erden –
kann nur nach Christi Vorbild
überwunden werden.

Wir reden über die Brunnen in der Mitte der Höfe, über Kühe und Ochsen, die Futterböden und Tennen und über ein Bild vom Frankenburger Würfelspiel über dem Gesindetisch eines Hofes, auf dem sich ein furchterregender Statthalter im purpurnen Mantel auf ein funkelndes Scharfrichterschwert stützt. Wir reden über die schwingenden Holzstege, das Helfen beim Heuen, die aufziehenden Gewitter, den Ruf des Habichts über dem Feld, den Schrei des Eichelhähers im Wald. Viele Erinnerungen decken sich, wahrscheinlich haben wir als Kinder miteinander gespielt.

Das Reden fällt mir leicht, und ich rede über die Einsamkeit seiner Mutter und mein Versäumnis, die nicht wiederherstellbare Nähe einer Stunde der Zuwendung. Er erzählt von ihrer Liebe zur französischen Sprache und zu allem Französischen. Und er sucht nach Gründen, die verständlich machen sollen, warum sie später so willenlos der Feindpropaganda von Goebbels gefolgt und warum sie gemeinsam mit ihrem Mann, seinem Vater, stolz darauf gewesen sei, daß er als Jüngster des Gaues in Hitlers NAPOLA selektiert worden sei, was ihn bis heute verfolge. Und dann erzählt er von seinen Faust- und Hölderlin-Forschungen, und er werde im nächsten Jahr zu einem Symposion wiederkommen, und der Tee wird kalt und überzieht sich mit einer dünnen Schicht von anderer Konsistenz.

Das Bootshaus des Kajakvereins am gegenüberliegenden Uferhang wird frisch gestrichen. Vom gewölbten Fußgängersteg werfen Schulkinder Steinchen in die Tiefe. Der Fluß führt kein Hochwasser in diesem April.

Ein Stich unter dem linken Auge. Sanft war die Berührung an der Schulter. Spiel der Farne. Gefiedertes Gefühl. Roter Ballon, der aufsteigt zu den Lüstern des Theaters und ihn hinterherzieht wie die das Gas einschließende, tänzelnde Schnur, wie der losgelassene Faden seines Lebens. Noch bevor er sich umwandte, wußte er, daß sie es war.

In der zögernden Drehung seines Körpers sah er die silberne Kette des Mannes ihm gegenüber, man könnte ihn damit würgen, dachte er, oder sich daran festhalten. Ein Rubin sank ins Wasser. Ein schweißnasser Haflinger, beladen mit Munition, kam auf ihn zu, er stülpte ihm ein Geflecht aus Hanf über den hellen Schwanz und es war ihm, als ob er damit etwas erreicht hätte. Aber machtlos war er gegen das aufflammende Brennen zwischen linkem Auge und Jochbein, gegen den dornenspitzen Schmerz, der in ihn eingedrungen war, als er zwölf war, an einem Aprilnachmittag kurz vor Ende des Krieges – *Aber weg! ihr höllische Schrekengesichte! Aber dieses Lächeln auf dem Todengesicht* – Machtlos war er gegen diesen Schmerz, der wiederkehrte in den wenigen Augenblicken seines Lebens, in denen ihm bewußt wurde, daß Flucht unmöglich war.

Sie löste ihre Hand von seiner Schulter.
In ihren Augen war kein Vorwurf.
Sie roch nach dem Süßinnenrot von Feigen.

Er steifte seinen Rücken, als er sich vom Handkuß aufrichtete und eine jähe Hoffnung in den Blick nahm. Aller Laut des Foyers erstarb. Er sah, wie sich der Mund des Mannes, der Atemtechniklehrer war, öffnete und schloß wie das stumme Maul eines Fisches. Automatische Bewegung der Lippen, die jetzt seine waren über dem Hörer des Telefons, zärtlich ihren Namen repetierend wie die Melodie eines besänftigenden Liedes. Er wußte, sie war allein, die Kinder erwachsen und aus dem Haus. Er hätte sie erreichen können, wenn er nicht wieder davongerannt wäre, wenn er ihre Nummer zu Ende gewählt und wenn er ihren Namen ausgesprochen hätte als Anrede und nicht nur als Möglichkeit zu einem Sprung, zu einem Aufrichten aus dem Schlamm, durch den er als Kind gerobbt war in Führers Eliteschule.

Er hatte die Mutprobe im Dorf unter der Roten Lackn, in dem sie während des Krieges Zuflucht gesucht hatten, bestanden, war vom hölzernen Fünfmeterturm des zur Volksertüchtigung neu errichteten Freibades ins Wasser gesprungen, obwohl er nicht schwimmen konnte, obwohl er einen Finger in Gips hatte, den er wie das weiße Zeichen einer verlorenen Unschuld gegen den Himmel streckte. Er hatte den Männern mit dem Totenkopfkragen viele Fragen beantwortet, und sie hatten ihn mitgenommen zum Stolz der Eltern, unter den neidischen Blicken der Kameraden, denn er war der Jüngste gewesen, den sie auserwählt hatten, ja, auserwählt, um in Hitlers NAPOLA die Nummer soundsoviel zu werden. Einer von jenen, die später nicht erleiden, sondern befehlen würden.

Längst war der Krieg zu Ende. Er hatte seinem Weg vom Auserwählten zum Massenmörder nicht zusehen müssen. Es war nicht sein Verdienst. Der Gang der Geschichte war anders verlaufen, das war alles. Aber das Bewußtsein, zum Handlanger des Todes erzogen worden zu sein, ohne es zu wissen, setzte sich im Erwachsenen fest als Schreckensvorstellung ungehörter Todesschreie, die sich in ihm zu einem schwarzen Sog formten wie Munchs lautlose Angst auf der Brücke ins Nichts.

Fortan war er gelähmt. Er fürchtete die Perversion seiner Handlungen. *Nur die Wunde noch ist mir geblieben, Fühlst dus? Fühlst dus?* Er wurde erfolgreicher Wissenschaftler. Aber die Furcht vor den Folgen einer Entscheidung ließ ihn seine Schritte behutsam im schmalen Streifen zwischen dem Weiß und dem Weiß einer doppelten Sperrlinie ausführen, als marschierten links und rechts von ihm Männer in Breeches, mit Pistolen in den Hüfttaschen.

Er hatte sie – ohne Wissen möglicher Kindheitsbegegnungen – vor zwei Jahren nach dem Begräbnis seiner Mutter kennengelernt und sie Monate später bei einem Symposion über das Frühwerk Hölderlins wiedergesehen. Sein Vortrag über die alkäischen und asklepiadeischen Strophen der Oden des siebzehn- und achtzehnjährigen damaligen Klosterschülers und dessen leidenschaftlich besungene Hoffnung auf die Unsterblichkeit der Seele, der im Vergleich zu allem Lebendigen der Stachel des Todes nichts anhaben könne, war der akklamierteste. Sie schien nicht dieser Meinung zu sein. Während der Diskussion war sie aufgestanden und gegangen. In der Bewegung vor dem Schließen der Tür schlug ihr weiter langer Rock einen Bogen, schlug ihn ein in etwas Weiches, das ihm Sehnsucht wurde.

Am nächsten Morgen wartet er auf sie in einer der tiefen Fensternischen des Veranstaltungssaales. Unter ihm ist Grünmarkt. Er schaut zur Tür, er schaut in die roten Früchte. „Paradeiser" sagt man hier. Das Paradies in einem Namen. Er schaut zur Tür. Das Sanfte ist das Bleibende, denkt er. Wie die Schuld, ach welche Schuld, wie die Freiheit, ach welche Freiheit. *Was bist du Erde? ... streck' ich nicht ... meine Arme königlich über dich aus? – Was bist du* – und die Sonne wärmt sein Gesicht. Aber in die Muskeln des Rückens kriecht die Kälte des Gemäuers, die Kälte des überwachten Schlafsaales der Herrenmenschenschule, er war erst neun damals, die Mutter fern wie in einer gläsernen Stadt, die Kälte der Betten, das Entsetzen bei Tagwacht, wenn das Laken wieder warm war und feucht, das Gelächter, der Hohn, die Strafe, das An-Treten, das Ab-Treten, das Marschieren. Unter ihm schlägt eine Kofferraumtür zu. Eine Frau mit Trachtenhut kauft ein Körbchen Zuchtchampignons. Der Wind trägt Wasserschleier vom Marktbrunnen über die Menschen, über den Segen der Erde, über die Pflasterung aus Stein. *Wenn nicht zur Sonne seegnend mein Hauch sich hebt, zu tränken dich mit Reegen und Morgenthau* –

Guten Morgen, sagt sie und legt ihre Hand auf seine Schulter. Offen heute das dunkle Haar. Es fällt ihm keine

Variation ein zum banalsten aller Sätze, mit dem er nachts mehrmals aufgewacht war: Wollen Sie heute abend mit mir essen gehen? Er taucht sprödes Krepp in warmes Wasser, wird die Mohnfarbe, die sich löst.

Sie streift ein graues Haar von seinem Pullover. Er hält einen Augenblick ihren Arm. Der Aufschrei einer jungen Frau unten auf dem Markt, deren Fahrrad von einem Lieferwagen touchiert wird, stürzt in seine Pupillen, als ob es sein Augenlicht gelte, das außerhalb von ihm stünde und hinschlüge auf den nassen roten Porphyr.

Der Tag war verloren für die Wissenschaft, aber der Abend kam.

Die Art ihres Redens hatte etwas Lösendes. In den Geschichten, die sie erzählte, wußte sie die Geschichte ihres Lebens mehr zu verbergen als sie freizugeben. Er hielt keine Monologe. Wenn er Lackschuhe anhätte, dachte er, würde er sie vor sie hinstellen. Im Senken ihres Kopfes fand er seine eigene Trauer wieder, die ihn nicht mehr verlassen hatte, seit er, im Abdruck der glänzenden Stiefel mehr laufend als gehend und die Augen auf die an den Hintern rhythmisch schwankenden Pistolentaschen gerichtet, sich auf der Hauptstraße des Dorfes noch einmal umgewandt und die Eltern und Geschwister unter einem blau gestrichenen Türrahmen stehen und winken gesehen hatte.

Eine Nacht wie keine. Der Morgen.

Tage später, in der mitteldeutschen Kleinstadt, an deren berühmter Universität er als der Berühmten einer lehrte, nahm er den Telefonhörer in die Hand, legte ihn auf, legte ihn in das Läuten, legte ihn in die schmerzenden Töne von Weberns Violinen. Er ging in seinem Arbeitsgartenhaus auf und ab wie in einem guten Film, wie in einem schlechten Film. Die Stelle zwischen linkem Auge und Jochbein brannte. Er legte Eis auf. Er hatte den Schmerz lange nicht gespürt. Er war behaust in sich gewesen.

Die Rosen schwankten vor den Fenstern. Er wünschte sich ein Zimmer in einem Hinterhof, eine Feuermauer gegenüber.

Es war nichts, was ihm geschah. Es war eigentlich nichts. Er war nur wieder einmal auf der Flucht. Er hatte nur wieder einmal Angst, etwas in gutem Glauben zu beginnen und im Desaster enden zu sehen.
Er konnte nur nicht mehr lieben.

Der Schmerz trieb einen Keil in seine Augenhöhle.
Der Wind in den Rosen.
Der Wind im Kastanienbaum.
Bewegung vor dem Glas.
Bewegung hinter dem Glas.

Die Müllabfuhr weckte ihn aus dem Schlaf. Er hielt seine Vorlesungen. Die Zirkusplakate wurden affichiert. Er zerriß die Briefe, die er begann. In den Pfützen schwamm der Staub des Sommers. Nachts wechselte er den Pyjama.

Die Worte neigten dazu, ihren Sinn zu ändern. Der Zirkus zog ab. Er legte den Hörer auf. Er trug keine Lackschuhe. Die Brückenbögen schienen ihm eckig.

Er kam zu spät. Er versäumte. Er entschuldigte sich. Nach Ende des Semesters fuhr er fünf Wochen an die Nordsee. Er ging nicht schwimmen. Er ging reiten. So war er über den Dingen. Die Luft tat ihm gut. Und immer besänftigend ist der Blick auf die Wiederkehr des Ewig-Gleichen.

Er fuhr ab, als Ebbe war.
In seinem Gartenhaus stellte er viele nach bestimmten Themen geordnete Bücher in einem Halbkreis um sich. Er las. Er las. Er machte Anmerkungen. Er begann zu schreiben. Die b-Taste seines Computers war defekt. Er kaufte einen großen Vorrat an schwarzem Tee. Oft saß er bis zum Morgengrauen an seinem Schrei-tisch. Die Leere schaffte sich Raum. Er begann sie wieder zu lieben und füllte sie mit einem brillanten Essay, in dem er seinen Vortrag für das Hölderlin-Symposion um den Vergleich mit dem Spätwerk des Dichters aus der Zeit von dessen geistiger Umnachtung ergänzte und zu einer druckfertigen Publikation ausarbeitete:

Dann jauchz' ich wieder, wo ist dein Stachel, Todt?

Als er nach etwas mehr als einem Jahr mit seinem Freund, dem Atemtechniklehrer, und einem Schauspieler wieder in die Stadt am Ende des Rote-Lackn-Tales kam, in der sie lebte, war er ruhig. Er war gekommen, um im Stadttheater eine Vorstellung zu besuchen, in der ein Schriftsteller Variationen zu Hölderlins *Schicksalslied* und zur *Hälfte des Lebens* vortrug und eine Pianistin eigens hierfür komponierte Klavierstücke zur Uraufführung brachte.

Er hatte vor Beginn der Aufführung eine angenehme Stunde auf der Terrasse eines Cafés verbracht. Seinen gelegentlichen Blick auf die Passanten der Kaipromenade deutete er als erwartungsloses Amüsement. Vor dem Bootshaus auf der jenseitigen Uferböschung lagen bunte Kajaks. Die Silhouette der Stadt überraschte ihn: Er hatte Barock im Kopf, sah aber die Strenge von Bürgerhäusern, wehrhaft geschlossen. Ein Tag, eine Nacht, ein Morgen waren vorüber. Die Kastanienbäume trugen Früchte. Ein Spinnweb, den man hier „Altweibersommer" nennt, streifte seine linke Wange. Er hatte sich im Griff. Er kannte die Genugtuung von Ordnung in Spind und Kopf, kannte die früh gelernte Befriedigung des Überwindens, Hartseins. Ihren demütigenden Ursprung hatte er im Lauf seines erfolgreichen Lebens zu einer Quelle von Kreativität umzuformen gewußt. Glockengeläut brach sich an der noch warmen Mauer in seinem Rücken. Das Chaos anderswo. Wohligkeit der Stunde.

Gefiederter Farn.
Berstender Ballon.
Die Süße rotinnrer Feigenfrucht.

Sie sah älter aus, als er sie erinnerte, aber schöner. Um ihre Taille war ein rotes Seidentuch mit mäanderartigem

Muster geschlungen, das sich in einem Band um ihren Haarknoten wiederholte. Willst du uns nicht vorstellen, hörte er den Schauspieler sagen, und er stürzte in ihren Namen, in diese Gestalt, in dieses Gesicht, in dem kein Vorwurf stand, in ihre Stimme, in den angstlosen Winkel seiner Seele. *Wahrlich! es waren des Sturmes Töne nicht – Bist dus? – oder spielt die Narrenscene Täuschend mit mir ein grausames Traumgesicht?* Er sah, wie der Atem- und Bewegungskünstler sie aufmerksam betrachtete und mit ihr sprach. Der Schauspieler wählte eine andere Tonart.

Läuten. Theaterritual. Lichtertanz,
abgewetzter Plüsch. Lust auf kaltes Bier.

Nach den Hölderlin-Paraphrasen in Wort und Ton drängt er den Freund mit der silbernen Halskette und den Schauspieler in die Gruppe derer, die zur Premierenfeier bei einem Schloßwirt aufbrechen. Seine Richtung ist die entgegengesetzte.

Sie queren die Straße, in der sie wohnt. Sieben Stufen führen auf den Steg, der in einer leichten Wölbung über den Fluß ans andere Ufer führt. Föhn bläst sie an. Er streicht sich durchs Haar, fühlt, wie voll es noch ist. Seine Schuhe glänzen wie Lack. Auf dem Scheitelpunkt des Steges bleibt sie stehen. Er ist bereit für die Bewunderung der nächtlichen Stadt. Sie aber nimmt ihn bei den Schultern, dreht ihn zu sich, wartet kurz und macht eine aufsteigende Bewegung vom Boden entlang ihrer

Körper hinauf zu den Sternen. Sie öffnet die Arme und legt den Kopf in den Nacken.

Er steht unschlüssig, weiß nicht, was sie will. Er wartet auf ein Kommen, das er fürchtet und das dann nur das Kommen ist. Und zaghaft gibt er dem leichten Schwanken und Beben des Steges sein Bewußtsein, läßt es von den Fußsohlen her in sich eindringen und höhersteigen und es ist ihm, als ob die Geschichte seines Lebens und das, was er war, langsam nach oben gedrängt würde, langsam und restlos sich in die Nacht hinein versprühe wie der Springbrunnen überflüssiger Zier.

Sie schaut ihn an und lacht.
Sieh und Ach und Weh und Aber ihr Götter

Sie meiden die Menschen. Sie finden ein kleines Restaurant, essen Oliven, Käse, Baguette und trinken roten Wein. Mauerdurchblicke. Keiner, der rostige Nägel wirft. Keiner, der dürres Laub von der Schwelle kehrt. Pochen des Pulses. Ihre Stimme könnte Frieden sein. Ihre Wärme ist wie Tauen. Er legt ihre Finger auf seine linke Wange, schließt die Augen.

Und da will es losrennen in ihm, wieder einmal. Will es rennen um sein Leben, das er seit jenem Tag zu Ende des April '45 wie eine Fahne an einer langen Stange schräg über sich trägt, klirrend, seinem Tempo synchron und in Distanz mit ihm einherschwingend einem fernen Ziel zu, welchem Ziel.

Seit jenem Aprilnachmittag, als die Tiefflieger auf ihn zugekommen waren, war er auf der Flucht. Er floh vor allem, was entscheidend war. Ein Nichts in Zeiten des Friedens. Aber es zerstörte jenen Teil seines Lebens, der nicht purpurner Mantel der Wissenschaft war. Und nur in Augenblicken der Verzweiflung gestand er sich ein, daß die Wiederholung nicht eine Flucht vor dem ihm eingebrannten Bild war, über das er bisher noch nie hatte sprechen können, sondern vor dem, was dazu geführt hatte: daß er drei Jahre lang Hitler-Nachwuchs gewesen war, geschult für die Verachtung, zubereitet für den Haß und abgerichtet zum Mord.

Er war auserwählt gewesen. Er war nicht froh dabei, auch nicht stolz, das waren andere. Aber er hatte mitgetan, mittun müssen. War noch ein Kind, ein Halbwüchsiger dann, und was ihn fortan bestimmte, war die Panik vor den Folgen seines Tuns, denn als er, der als Träger von Hoffnung und als Erbauer von Zukunft galt, zum ersten Mal aufgehorcht hatte, war er eine Kreatur, die im Visier graugrüner Bomber einen Wiesenhang hinaufhetzte, und als er gänzlich wach wurde, sah er den ver-rückten Blick einer Toten, einer wahllos niedergemetzelten Frau, die möglicherweise seine Retterin, zumindest aber seine Helferin gewesen war.

Sperrstunde.
Er schreckt auf. Was war, deckt das zu, was ist. Abrupt löst er ihre Hand von seiner linken Wange. Das plötzliche Fehlen der Feuchtigkeit ihrer Haut schafft einen

anderen Zustand. Fiel ein Stachel von einer ihrer Fingerkuppen?

Ähnlich dem Manne, der Menschen frisset
Ist einer, der lebt ohne
(Liebe)
und Schatten beschreibend hätt er
Der Augen Zorn

Er sieht, daß sie für sich selbst bezahlen will. Ich dachte, Sie gehören zusammen, sagt der Kellner.

Die Schritte der Menschen verhallt. Sonatenklänge aus einem Fenster hoch oben. Violinenworte aus Trakls Gedichten, der die Schreie hörte hinter den schönen Tönen und der sich das Leben nahm im Garnisonsspital eines anderen Krieges.

Das Jetzt und das Damals und die Verheißungen der Zukunft kreisen in seinem Kopf.

Stürzender Föhn. Er treibt die Wasser schneller flußabwärts. *Ihr Freunde! mein Wunsch ist Helden zu singen* – Starben die Soldaten leichter im Laufen? Wie riechen die Samen der Birken in Rußlands Ebenen, wenn man im Blut liegt, und wie am Ufer der Bergseen, wenn sie dort stünden zur Freude der Neuntöter, der braunen Vögel der fragenden Bilder?

Der Kai ist kein Ort für Helden. Kastanien fallen aus den aufgesprungenen Hüllen auf den Asphalt. Die weißen

Innenflecken der Früchte leuchten kurz auf im Rollen. Wer hilft uns, wenn die Namenszüge kommen über die roten Gräser?

Gib mir deine Angst, sagt sie, vielleicht hebt sie meine auf.

Alles steht still in ihm. Ein Augenblick der Tonlosigkeit des Herzens. Und dann löst sich leicht der Knoten seines lebenslangen Schweigens, und wie in Zeitlupe sieht er die Schnüre sich entwirren und schlingern ins Blau.

Ende April 1945. Längst Zusammenbruch außen und innen. Auch die NAPOLA, der er zugeteilt war, auf der Flucht: von Traiskirchen bei Wien nach Spanheim im Lavanttal und schließlich an den hoch- und abgelegenen Weißensee in Kärnten. Das tausendjährige Reich nur ein schauderhafter Atemzug. Aber stur schickt der Erste Kommandant seinen Elitenachwuchs noch in die Wälder, gegen die Partisanen im Süden. Der Zweite Kommandant entdeckt den Menschen in sich. Er telegraphiert an die Eltern der Kinder: holt sie, holt sie schnell. Wahrscheinlich, so hieß es später, wurde er als Vaterlandsverräter erschossen.

Die große Schwester kam, ihn zu holen. Der Erste brüllte, riß die Schulterabzeichen von der Kinderuniform. Untermensch, brüllte er. Im Schützengraben, so hatte er im Unterricht immer wieder gesagt, habe er im Tornister neben Adolf Hitlers *Mein Kampf* auch immer Johann

Wolfgang von Goethes *Faust. Erster Teil* mitgetragen und Friedrich Hölderlins Gedicht *Der Tod fürs Vaterland.*

Der Weg ist weit von den Ufern des Weißensees durch die Wälder, es ist weit zur Nacht von den Kasernen hinunter zu den Bahnhöfen der Hoffnung. Wo wollen sie alle hin, diese Menschen, Hunderte, Tausende, in diesen Apriltagen des Jahres 1945? Die Züge bersten, die Trittbretter brechen, die Panik schlägt die Seiten eines zerfetzten Buches um. Wie kamen sie ins Abteil, das hübsche junge Mädchen und der weinende Bub? Und war der Pullover der Frau, die ihn beim Fenster hereinzog, orange-weiß oder gelb-weiß geringelt oder war er golden wie die Wärme ihres großen Körpers, in dessen Landschaft sie seinen Kopf bettete?

Und am Tag danach: traf der Ton der Sirenen, die Fliegeralarm bedeuteten, zuerst das Ohr oder die Haut? Das Mark? Oder das Zentrum der Angst, die aufflog vom stumpfen Warten auf einen Anschlußzug? Und schon laufen die Menschen los, planlos zuerst, dann einigen wenigen nach, die ortskundig zu sein scheinen, rennen, flüchten durch den Ort, hinter die Häuser, die Hänge hinauf zu den Höfen, *Jetzt, o! jetzt über all' den Lieblichkeiten des Abends. Schellend kehren zurük von schattigten Triften die Heerden,* rennen über die blühenden Wiesen des Frühlings im dröhnenden Keil der Tiefflieger, verdunkelte Sonne, Gemetzel, Flucht in der Blutspur zur schützenden Höhle unter dem Wasserfall.

Schweiß, stoßender Atem, Wimmern. Tropfen des Wassers. Eine Kerze tröstet.
Aber unten im Tal brennt der Bahnhof, brennt der Ort. Fackel des Wahns.

Das Rostrot des Himmels weiß nichts von den sieben Schnäbeln des Anfangs und des Untergangs. Die Hand der Schwester schließt ein. Inmitten der Vielen gehen sie hinunter, später. Gehen durch den erwachenden April, durch Himmelschlüssel und Kuckucksnelken, Taubnessel und Augentrost, Veilchen und Dotterblumen, Maßliebchen und Vergißmeinnicht. Kränze für die Toten.

Da liegt sie, im Orange- oder Gelb-Weiß ihres Ringelpullovers. Oder im Rot der Erinnerung. Sie liegt da, hingebreitet im Gras wie für die Liebe. Blutgetränkt die Erde unter ihrem Haar. Aus der Höhle getreten ihr linkes Auge. Es hängt auf Jochbein und Wangenwölbung. Leise redend ziehen Menschen vorüber.

... Zu Grunde trümmern – tausende so zum Scherz
Der Wütrich würgen – ...
Und würgt er schnell, so dankts ihm Menschen!
Daß der gewissen Vernichtung Grauen
Nicht Jahre lang euch tödten ...

Die Nacht ist kühl. Sie gehen den Weg zurück, den sie nach dem Theater gekommen sind. Der Föhn treibt die Kastanien auf den Kai. Er tritt eine Frucht aus der angesprungenen Schale, deren Stacheln weich geworden sind in einem langen, heißen Leben. Ausgetragen. Zu Ende gebracht für einen Anfang.

Bunte Leuchtschrift „Krieg & Frieden“ auf dem Dach eines niederen Gebäudes. Sie spiegelt sich in den Farbschlieren des grünen Flusses, der die brennende Welt nicht hatte löschen können damals und der nichts von der Geschichte verrät, die an seinem Anfang steht: der Geschichte der Roten Lackn.

Im Gehen spürt er ihr Frieren. Er umfängt ihre Schulter. Sieben Stufen führen hinauf zur Wölbung des Flußsteges. In seiner Mitte bleiben sie stehen. Die Laute der Stadt treiben auf sie zu, treiben mit den Bedeutungen hinab, irgendwohin, irgendwoweiter.

Laß es genug sein, sagt sie. Wenigstens für heute.

Schmerzlos dringt das Schwanken des Brückenbogens in ihn ein. Leichtes Beben einer anderen Kraft, aber dieses Augenblicks. Spur einer Erlösung, die in Wellen über ihn hinauswächst in den Koloquintenapfel der Nacht.

VI

Bin ich es, die in diese Geschichte geraten ist? Frag mich nicht nach der Wahrheit. Sie ist das rotgelbe Ahornblatt, das in den Fäden des Netzes seine Farbe verliert und das fällt, wenn ein anderes es will: die Spinne, der Wind, der Regen, ein Kind, ein Besenstiel.

Ich kenne die Talschaft der Roten Lackn und kenne eine Handvoll Menschen, die in ihr lebten und leben. Ihre Geschichten sind Suchbilder, ich gehe meiner Liebe zu ihnen nach. Sie alle sind verbunden mit einem Blick, einem Köfferchen, einem Frontbrief mit rotem Stempel und dem Satz meiner Mutter: *Wann ist es endlich genug?* Früher Schnee sank ans Mansardenfenster. Wir saßen vor der Kerze am Todestag meines Vaters, der fiel, bevor er mich sah. Das Salz ihrer Tränen rann über meine Lippen. Erinnerung ist kein weites Land. Sie besteht aus wenigen Augenblicken vollendeter Symbiose all unsrer Sinne, all unsres Seins. In diesen Augenblicken ist sie unsterblich. Ich breite das Dehnbare der Worte sanft über die Schicksale der Menschen und gehe zurück in ihr und in mein Leben.

Ich gehe auf den Friedhof an der Südseite der Dorfkirche, suche das Grab von Marie. Meine Lebenszeit ist die vieler Toter. Sie liegen hier oder anderswo oder im grundlosen Herbstschlamm des Ostens, vielleicht in einem Birkenwäldchen. Und sie sind in den nachhängenden Gedanken, in den Bildern, die entstehen, wenn man nahe dem Wesentlichen ist.

Marie. Hineingeboren in das Wurzelmoos einer Almfichte. Ihre Mutter, die Magd und Sennerin Franziska, war sechzehn, verjagt vom Hof des Bauern, der sein Kind verleugnete. ’s Marieli nannte ihre Mutter sie zärtlich. Sie war in mich eingesunken an einem fernen Tag, der erfüllt war vom Duft des Sauerteigs, der Glut des Backofens, der Wärme ihrer Hände und der Traurigkeit ihrer Stimme, die sich deckte mit der meiner Mutter.

Den Teig gehen lassen, hatte Marie gesagt. Die Zeit gehen lassen, die große Geschichte, die in Schlingerbewegungen über die Menschen kommt. Den einen zermalmt sie, dem anderen schlägt sie Wunden, dem dritten heftet sie sich unbemerkt ans alte Gewand, das man erst nach Jahren wieder aus dem Schrank nimmt.

Maries Grab liegt am äußersten Rand des Friedhofs im Dorf unter der Roten Lackn. Die Mauer hinter dem Holzkreuz grenzt an den Busparkplatz der Seilbahnstation. Man wollte ihr ein christliches Begräbnis verwehren. Ich bringe ihr Margeriten, Glockenblumen, Wiesenschierling, Hahnenfuß, Wolfsmilch und Federnelken. Ich suche die Geschichte hinter den Andeutungen, den Mutmaßungen und den vielen Gerüchten, die ich über sie gehört habe. Ich denke ihr nach. Ihr und den beiden, die Lukas hießen.

Des Mensch kommt ma net ins Haus, schloß die alte Bäurin, als Lukas ihr sagte, daß er Marie heiraten wolle. Sie stand auf vom Kuchltisch und ging zum Herd, schaute ihren Sohn nicht mehr an, rührte das Trank für die Schweine. Lukas redete, erklärte, bat, bettelte. Des Mensch kommt ma net ins Haus.

Lukas war das jüngste von sieben Kindern. Er war als Erbe eines jener Höfe rund um die Rote Lackn bestimmt, deren Besitzer vor vierhundert Jahren als Rädelsführer des Aufstandes gegen die Obrigkeit gehängt und deren Anwesen niedergebrannt worden waren. Er war zwanzig und 's Marieli keine siebzehn und im fünften Monat von ihm schwanger. Er hatte sie zum ersten Mal gesehen, als sie auf einem der Norikerpferde ihres Onkels, des Schatthofbauern, durch den elterlichen Hof geritten war, schwarz und wild die langen Haare ums Gesicht, sie warf ein Lachen auf ihn herunter, das traf ihn ins Herz. Sie war begehrt im ganzen Dorf. Den einen gefiel sie. Die andern wollten's ihr zeigen, dieser Dunklen im Tal der Blonden, dieser zigeunerischen Windischen, die glänzende braune Augen hatte und dunklere Haut und die Gegenstand war von Gier und uneingestandener Rachsucht.

Am 8. Oktober sollte in der Kapelle unter der großen Linde Hochzeit sein. Der alte Bauer hatte nichts zu sagen, die Bäurin sagte nur immer wieder: Des Mensch kommt ma net ins Haus. Da schwang vieles mit, eigene Enttäuschungen, Eifersucht, Neid auf das schöne, lebensvolle Mädchen. Sie selbst hatte sieben Kinder geboren und allein mit ihrem Mann einen großen Hof bewirtschaftet. Sie war abgerackert und ausgemergelt, konnte dennoch nicht loslassen. Sie wollte noch nicht ins Austraghäusl, das jeder Hof hat. Was sie aber sagte, war, daß „des Mensch" nicht hierher passe. Sie wußte sich dabei eins mit den Stimmen des Dorfes, dessen Mehrheit schon in der illegalen Zeit „braun" gewesen war. Außerdem hatte sie noch andere Söhne. Lukas ließ sein Erbe, packte den Rucksack. Mehr war es nicht, was er mitnehmen konnte. Seine Erbauszahlung würde er später vielleicht bekommen, sagten die Eltern, wenn es weiter so bergauf ginge unter dem Hitler, wenn die Not vorbei wäre, die Fremden wieder kämen, das Vieh wieder was wert wäre und das ganze Tal nicht auf den Saujud, den Viehhändler, angewiesen wär, der die Armut aller gegeneinander ausspielte und einen Dreck bezahlte für den schönsten Stier.

Unten an der Biegung des Weges, wo der Hof aus dem Blick gerät und zur Rechten die Rote Lackn liegt, wartete 's Marieli. Sie standen eine Weile Hand in Hand. Die Kühe weitum auf den Wiesen, die nach der Mahd des Grummet frei waren für das letzte Abgrasen vor dem Winter. Die Glocke der Leitkuh friedlich im Takt. Die ersten Herbstzeitlosen im Grün. Da und dort ein Bovist, dem Aufplatzen nahe. Noch warme Luft. Kälteschwaden aus dem Schattenrain. Hagebutten leuchten. Blätter tanzen zu Boden. Geruch nach Erde. Raben sammeln sich in der feuchten Mulde, fliegen auf, verschmelzen im Flug mit dem Dunkel des Waldes. Gilbende Buchen und Lärchen zwischen den Fichten. Föhnwolken über den klaren, nahen Bergen.

Goldenes Licht.
Ein Wespenschwarm steigt auf.
Mostbirnen am Weg.

Lukas trat in die NSDAP ein. Machte schnell Karriere. Er war alles, was sie wollten: jung, groß, blond, blauäugig, tatkräftig und formbar. Mitte 1939 wurde er zu Theodor Eickes Schulungskurs nach Dachau geschickt, das für einige Monate als Lager gesperrt und zu einem Ausbildungszentrum der SS umgewandelt worden war. Er wurde Anwärter für die „SS-Totenkopf-Verbände“, die ein Sammelbecken sozial Deklassierter waren und zum Innendienst in den Konzentrationslagern geschult wurden. Lukas aber kam an die Front, wurde einer SS-Verfügungstruppe unterstellt und entsprach in Rußland nicht der Anforderung an bedingungslose Brutalität.

Er verweigerte einen Tötungsbefehl an Zivilisten, wurde degradiert und zu den Wachverbänden des Konzentrationslagers Majdanek strafversetzt. Von dort kamen nur mehr wenige Briefe, in denen er nichts von sich erzählte, nur von seiner Liebe schrieb, von seiner Sehnsucht und fragte: nach ihr, nach dem Buben, ob sie wieder einmal zu Hause gewesen sei im Dorf unter der Roten Lackn, in der Kapelle für die Gehängten. Marie verstand.

Ein letzter Brief. Ein Fronturlauber brachte das Gerücht, daß Lukas einem Menschen zur Flucht aus dem KZ verholfen habe. Danach wußte niemand mehr etwas von ihm. Freunde sprachen leise das Wort „Liquidation" aus. Offiziell wurde seine neuerliche Abkommandierung zur 6. Armee unter Generaloberst Paulus belegt. Monate später kam die Nachricht, daß er in Stalingrad vermißt sei. Seither wartete Marie: auf ein Zeichen, auf eine Nachricht, auf ihn.

Von dieser Zeit an nannte Marie ihren vierjährigen Sohn, den sie Sebastian getauft hatten, nach seinem zweiten Vornamen Lukas. Sie räumte die von der Partei unterstützte Wohnung und fand eine Stelle als Hausgehilfin im Industrieviertel der Stadt, verbunden mit Unterkunft in einem ausgebauten Dachboden. Lukas durfte sie bei sich behalten.

Die Fabriken der Stadt mit Waffentradition waren jetzt Teil des Hermann-Göring-Konzerns und eines von Hitlers Rüstungszentren. Aber die Arbeiter fielen reihum im Feld, Menschenmaterial für den Endsieg. Bald waren zu wenige da, die Maschinen zu bedienen. Der Generaldirektor, der beste Beziehungen zur SS hatte, fand die Lösung: Arbeitskommandos und Dauernachschub aus dem dreißig Kilometer entfernten Konzentrationslager.

Die Dachkammer war ihnen genug. Der Blick geht weithin. Marie sieht über die Wiesen. Leer. Wie Niemandsland. Weiter links Schienen, Schotter, Eisenlager.

Loren, die auf den Nebengeleisen hin und her fahren, beladen und entladen werden.

Ein Schienenstrang führt auf der Schotterterrasse des Flusses eben in Richtung Norden zur Hauptbahn, ein anderer die Böschung hinauf Richtung Werk. Oben auf dieser Böschung, jenseits der Haagerstraße und links vom Fußweg zum Bahnhof, die Dächer von Baracken. Fünf? Sieben, acht? Niemand kommt zu nahe. Fremde und Neugierige wurden von den Posten vertrieben. Niemand spricht darüber. Alle munkeln. Geheimnis, Gefahr. Schlechtes Gewissen ist verbündet mit Beschwichtigung. Gefangene? Kriegsgefangene? Nein, dafür waren andere Lager da, ein ganzer Kranz rund um die Werksanlagen. Häftlinge? Strafgefangene? Kriminelle? Kriminelle! Juden?

Wieviel Meter Stacheldraht? Geladen? Wieviel Volt? Starkstrom? Die Wachtürme: immer bewacht, rund um die Uhr? Lösen sich die Wachen alle vier Stunden ab oder schon alle drei? Und der Turm über dem langgestreckten Tor: hat er innen eine Uhr, auf der sie die Zeit ablesen? Die Zeit bis zum Krepieren? In welcher Sprache? Deutsch? Russisch? Spanisch? Italienisch? Polnisch? Hebräisch? Bluthunde? Granaten? Maschinengewehre? Entsichert? Was dröhnt aus den Lautsprechern? Man kann es nicht verstehen, aber der Ton allein... Befehle, Vorladungen? Patrouillen Tag und Nacht und Tag und Nacht?

Die Grauzone von Hinsehen und Wegsehen.
Die Astlöcher zwischen Hinhören und Weghören.
Der Weg zum Bahnhof ist nicht weit von den Baracken.
Marschschritt im Morgengrauen. Schlurfen, Wanken.
Kolonne zwischen Schlagstöcken, Pistolen, Gewehren.

Treiben, Treten, Schlagen, Prügeln in die Fabrik.
Links zwei, drei, vier, links zwei, drei, vier, links ...
Einsatz für die Produktion von Maschinengewehren, Maschinenpistolen, Flugzeugmotoren, -kabinen und Fahrgestellen, Lastkraftwagen, Kugellagern. An die Maschinen. Die Schmiede-, Dreh-, Bohr- und Fräsmaschinen. An die Werkbänke, die Montagebänder. Aber da waren andere Arbeiter auch. Da waren Vorarbeiter, die die Häftlinge unter Aufsicht der Soldaten anlernen mußten: die Maschine einrichten, das neue Stück Metall plazieren, die Maschine mahlen und pressen lassen, Wasser draufschütten, wenn die Hitze größer wurde. Sahen diese Arbeiter, Zivilisten aus der Stadt und aus dem Reich, nur auf das Werkstück? Vielleicht sah einer in eines der gebeugten Gesichter. Vielleicht verstand einer die Sprache des Hungers, der Erschöpfung, der Demütigung. Vielleicht sah einer die Ödeme, die Rißwunden, die Quetschwunden, die Spuren von Peitsche, Stiefel und Gewehrkolben. Vielleicht hörte einer den stummen Schrei. Vielleicht sah einer, daß wieder einer fehlte. Vielleicht kroch einem das Grauen über den Rücken. Vielleicht war einer ein Sandkorn im Getriebe. Vielleicht mengte einer Wasser ins Öl. Vielleicht kam da ein Riß ins Gußstück, dort eine Bruchstelle ins Zahnrad und dort ein kurzer Hammerschlag auf eines der achtzig

Kugellager im Käfig. Vielleicht hatte einer Mitleid. Vielleicht ließ einer ein Wort fallen draußen.

Das Leben rollt vorbei auf der Haagerstraße. In die Stadt hinein, aus der Stadt heraus. Menschen, Güter, Gedankenlosigkeiten. Rechtgeschiehtihnen. Angst. Nur nicht hinsehen. Nur nicht fragen. Nur nichts wissen wollen.

Nachts das Weinen von Lukas. Nachts das Nachdenken. Nachts der Blick hinter dem weggehobenen Vorhang. Das Dunkel der Wiese. Die Scheinwerfer über dem Lager. Nicht grell, aber immer. Manchmal milchig durch den Nebel. Totenstille. Im Morgengrauen ein Schuß. Mehrere Schüsse. Und die Stille der Toten. Über sie hinweg das Dröhnen der neu entwickelten Flugzeugmotoren, die auf den Prüfständen einlaufen müssen, Tag und Nacht, Tag und Nacht und Nacht.

Marie tat ihre Arbeit. Sie führte den Haushalt gut, die zwei Kinder hatten sie gern. Vom Einkaufen, vom Arbeiterkinderhort, in dem sie Lukas vormittags untergebracht hatte, von der Schule, von den Sportwettkämpfen, vom Arzt kannte sie einige Leute. Sie war offen und sie war hellhörig. Mit ihren Dienstgebern, die sie gut behandelten und bezahlten, hatte Marie täglich nur kurz Kontakt, Mann und Frau arbeiteten im Kaufhaus des neuen Stadtteils. Abends übergab sie die Kinder, stellte das Essen auf den Tisch und durfte gehen.

Sie war allein mit Lukas. Das war ihr recht. Sie wartete

immer noch auf Nachricht, auf ein Zeichen. Sie hatte kein Radio. Untertags hätte sie hören können, aber sie wollte nicht. Die Meldungen mit dem Fanfarenton taten ihr weh. Von Majdanek wurde nicht berichtet. Sie sang Lukas Lieder vor: *... der Vater ist im Krieg – Polenland,* das war ihr Land. Über die Dächer heulte der Fliegeralarm.

Marie hat zwei Wochen frei. Sie fährt mit Schmalspurbahn und Bus das Tal des grünen Flusses hinauf, vorbei am Narrenturm, nach Hause, zu Franziska, ihrer Mutter. Die Alm im Tal der Roten Lackn liegt im Sonnenlicht. Die Norikerpferde grasen hinter der Hütte, Kühe und Jungvieh sind drüben im schütteren Lärchenwald. Um den Stall zerstampfte, schwarze Erde, graue Bretter als Gang dazwischen. Die Pletschen des rotscheckigen Alpenampfers in den Rinnsalen des Misthaufens. Der ausgetretene, etwas dunklere Wiesenweg zur Zisterne quer über den ganzen Almboden hin. Hellgelbe Holzscheite an der Hüttenwand, umgestürzte Milchkannen auf der Hausbank. In den Nächten Sternschnuppen im funkelnden Schwarz. Die Kirschen sind reif. Franziska kocht Kaiserschmarrn für Lukas, 's Marieli und uns. Wir wollten Beeren suchen, die kleinen, verbeulten Blechnäpfe am Gürtel, kamen zufällig dazu. Lange redet meine Mutter mit der dunklen jungen Frau. Franziska holt beide in die Hütte, schickt uns Kinder um Wasser zur Zisterne.

Verstört kam Marie in die Stadt zurück. Später, viel später hieß es: es war der Dachau-Flüchtling auf der Alm, der sich versteckt hielt für ein Leben danach. Seit damals wußte sie. Seit damals war sie ohne Hoffnung.

Eines Morgens: Bewegung vorne an der Kreuzung des Industriestadtteils, bei Hotel und Hauptstraße. SS. Gespreizte Beine. Innenring von Wachposten. Befehle. Gummiknüppel. Gewehr- und Pistolenläufe hierhin, dorthin, überallhin. Eine Grube wird ausgehoben in der Grünzone neben den sich kreuzenden Betonstraßen. Die Krampenheber und Schaufler: die Gestreiften, die von den Baracken. Schlotternd, kahlgeschoren, schweißüberströmt vor Schwäche, Wunden, wo man Haut sieht, schuften sie in der Erde. „Untermenschen“, sagt ein Gaffer. „Diese Polacken“, ein anderer. „Italiener sind's“, sagt eine Frau, „die sind besser.“ Man hat sie also gesehen. Man hat über sie geredet. Wer sagt, er hätte nichts gewußt? Marie geht vorbei.

Am nächsten Morgen: Marie geht vorbei.
Sie sieht hin. Sie fängt einen Blick auf. Tiefe Höhlen. Das Elend der Welt.

Am späten Nachmittag: Marie geht vorbei.
Sie sucht den Blick. In der größer werdenden Grube Befehl, Brüllen, Schlag, Schrei. Einer versucht, in den nahen Wald zu rennen. Schüsse. Die flüchtende Gestalt fällt, richtet sich auf, strauchelt. Nur noch ein Schuß. „Beim Bau vom Luftschutzstollen vor drei Wochen war's das gleiche“, sagt ein Passant. Stille.

Am nächsten Tag: Marie geht vorbei.
Ihre Augen finden sich.

Ein Löschteich wird ausgehoben. Nach Tagen sind die Wachmannschaften nachlässiger als am Anfang. Routine. Um fünf bereits ist es dunkel. Er arbeitet am Rand. Marie geht vorbei. Sie wissen, worum es geht. Es geht um nichts. Es geht um alles. Es fällt etwas in die aufgebrochene Erde. Ein Stück Brot.

Am nächsten Abend: Marie geht vorbei.
Der Funke Freude in seiner Augenhöhle. Die Grube ist tief. Zwei gekochte Erdäpfel gleiten auf den Boden. Einer kollert den Grubenrand hinunter. Er will danach greifen. Der Kapo sieht es. Brüllt, springt, schlägt zu, schlägt nieder. Der Gestreifte bleibt liegen. Blutender Kopf im Lehm. Marie wird abgeführt. Lukas weint, läuft nebenher, schlägt den Soldaten. Aus der Entfernung schon: der Schuß.

Marie kommt mit einer Verwarnung davon. Nur um einen bestimmten Preis, tuscheln die Leute. Die Wiese unter dem nächtlichen Fenster ist ein dunkles Grab. Die Flugzeugmotoren auf den Prüfständen dröhnen. Die Baracken des Konzentrationslagers auf der Böschung liegen unter dem Licht. Was sie sah an der Grube und was sie hörte in einer verschwiegenen Nacht, stülpt sich über sie, erstickt ihren Glauben an den Sinn des Lebens. Hinter den Dachsparren sitzt ein Tier. Es muß klein und zart sein, aber stetig sägt und feilt es unsichtbar bis zum Morgen an etwas, das Widerstand gibt. Lukas redet im Schlaf.

Sie spürt den Geschmack der verschimmelten Brotration aus Roßmehl und Stroh, erleidet den Durst. Einer muß sich, starr vor Schreck und Ekel, in den offenen Rachen speien lassen, bevor sein Schädel unter den Schlägen in Trümmer birst. Schwarze Handschuhe. Sie hört das Röcheln, hört die Lachsalven der Herren, die feiern, hört, wie die Klagen jener verstummen, die sie immer noch quälen. Der Blockwart mordet ungestraft „zum Spaß". Drei werden an den Wasserleitungsrohren des Duschraums erhängt, sie hängen noch lange. Einer wird lachend auf Raten erschossen, weil er die Mütze nicht holen will, die ihm der Kapo vom Kopf gerissen und hinter die tödliche Postenkette geworfen hat. Gekläff von Hunden.

Flieht einer? Liquidationsschüsse. Die Loren auf den Geleisen stehen still. Am Himmel kein Stern. Über der Stadt sonst kein Laut. Im Morgengrauen biegt wieder ein Auto der Städtischen Unternehmungen aus dem Lagertor. Es fährt Richtung Krematorium. Kein Brief, kein Zeichen.

Die Sirenen heulen. Die Rüstungswerke liegen unter dem Bombenhagel der Alliierten. Die Nebelwerfer auf den erhöhten Stellen arbeiten fast pausenlos. Das Notlazarett im Wald ist überfüllt. Prüfstände, Motoren, Maschinen werden abtransportiert. Hallen explodieren. Schlote stürzen ein. Fenster sind verdunkelt. Um Mitternacht hastiges Flüstern und Hantieren in der Waschküche: die Herrschaft verbrennt im Heizkessel Zeitschriften, Photos und Bücher. Der Frühling mit seinem blauen Band... Am 5. Mai 1945 um 10.00 Uhr vormittags befreit eine amerikanische Truppeneinheit das Konzentrationslager. Wenig später kommen russische Truppen über den Plenklberg herauf. Reih und Glied und Kalaschnikows. Sie marschieren in Formation die Hauptstraße entlang, vorbei am frisch betonierten Löschteich, in der Luftlinie direkt auf Marie zu. Sie steht am Fenster. Sie hält Lukas umschlungen und schaut auf die Panzer und die Barackendächer und sie schaut über die Landschaft bis hin zum fernen Waldrücken über der Stadt, an dessen Wiesensaum eine weiß leuchtende Kapelle steht.

Die Geschichte unterscheidet nicht zwischen Siegern und Besiegten. Sie torkelt durch die Zeit, hinterläßt die Nagelabdrücke ihrer Schuhe im Staub. Wir sind Vertiefung, Rand oder Zwischenraum.

Chaos, Angst, Rache. Freudenschrei, Befreiungsschrei, Vergewaltigungsschrei. Stummheit des Geschehens. Verhaften, Abführen. Das Kaufhaus wird geplündert, von Nazis, Kommunisten, Sozis, befreiten KZlern, allen. Alle haben wieder Namen. Die Nazis wollen nur „ehemalige“ gewesen sein. Das Konzentrationslager – jetzt wissen alle, daß es eines war – an der Haagerstraße wird zu einem Lager für kriegsgefangene SSler umfunktioniert, ehemalige KZ-Häftlinge werden bewaffnet. Sie kontrollieren Straße und Gegend. Einige Tage lang durchstreifen Soldaten und Häftlinge der verschiedenen Lager die Wohnblocks, nehmen alles ab und mit, Schmuck, Münzen, Uhren, Alkohol, Frauen. Eine stürzt sich in Panik aus dem Fenster. Oben am Dachboden ist noch eine Kammer. Manche schützen, verhindern. Russische Soldaten werfen von einem Lastwagen ein paar Brotlaibe in gereckte Hände. Hinter dem KZ ist ein Abfallhaufen. Da wachsen Erdäpfel. Jeder kann ausgraben, der sich traut. Tonnen mit kleinen Würfeln stehen herum, Trockengemüse, leicht verfault durch den Regen.

Über die Wiese rennen Menschen hin und her, packen ein, schleppen fort und fort. Auf einem Abstellgleis ist in der Wirrnis der Flucht und Auflösung ein kompletter Zug zurückgeblieben: ein zerlegtes Flugzeug, die Tragflächen sorgsam aufgestellt, Maschinen, Motoren, Kisten voll mit Kugel- und Wälzlagern, Munition, Kanonenteile, ein ganzer Waggon mit grün-weiß gestreiften Militärskiern samt Bindung und Stöcken, drei Waggons Braunkohle, ein paar Waggons mit vollen Tanks, Dieselöl und...? Alkohol, heißt es, wie Lauffeuer verbreitet sich das Wort „Alkohol", ja, dort gibt es Schnaps, und die Schemen aus den Baracken schleppen sich über die Böschung hinunter, hinüber entlang der Geleise zum Tank, den haben andere schon aufgebrochen, sie stürzen sich drauf und drüber und trinken, trinken, trinken.

Nach Tagen: einer kriecht hilflos mitten im Wiesenfeld. Sucht mit den Händen am Boden, den Kopf manchmal aufrichtend. Er ruft. Er sinkt zusammen. Gestreifter Strich im Gras.

Marie fand ihn. Sie waren alle blind geworden. Es war Methanol im Tank. Sie nahm ihn zu sich. Holte den Arzt, pflegte ihn. Sie verstand seine Sprache nicht. Er weinte aus seinen toten Augen. Nach sieben Tagen starb er.

Lukas ging zur Schule. Er spielte gern mit älteren Freunden. Er war viel allein. Marie kam erst um fünf nach Haus. Nachdem ihre Dienstgeber nach der Plünderung des Kaufhauses weggezogen waren, fand sie Arbeit beim AJDC, dem American Joint Distribution Committee, einer amerikanischen Hilfsorganisation, die die jüdischen Flüchtlinge und ehemaligen KZ-Häftlinge betreute. Sie war, wie ihre Mutter Franziska Jahre später im Narrenturm, in der Küche beschäftigt. Die Amerikaner hatten nach einigen Monaten, in denen die Stadt zweigeteilt war, die russischen Besatzungstruppen abgelöst.

Marie hatte keine Hoffnung mehr. Wenn man der Angst und des Schmerzes müde geworden ist, wird man auch der Erwartung müde. Nachts nur noch die Sehnsucht. Einmal, irgendwann, als sie ans Fenster ging – war es Tag, war es Nacht? – stand der Himmel im Rot. Die Baracken des ehemaligen Konzentrationslagers wurden niedergebrannt, stundenlang Feuerschein über der Stadt. Ruß senkte sich auf die Dächer.

Von Zeit zu Zeit kam Marie zu meiner Mutter auf Besuch. Wir waren gerade aus dem Austraghäusl im Dorf der Roten Lackn in die Stadt gezogen. Der Krieg war vorbei. Der Vater tot. Die Großeltern nahmen uns auf. Die Schulen waren für uns Kinder vielfältiger in der Stadt.

Das „Lusthaus“ im sommerlichen Garten der Großeltern. Busch- und baumumstanden: Jasmin, Flieder, Weigelie, Magnolie, Apfelbäume verschiedener Sorten. Himbeerkracherl. Jausenmalzkaffee. Bienengesumm.

Das Fortschicken der Kinder zum Spiel, wie damals auf der Alm.
Wann ist es endlich genug?
Zwei junge Frauen in ihrer Trauer, ihrer Einsamkeit.

In meine Klasse ging ein Mädchen aus einem Flüchtlingslager. Ich weiß nicht, aus welchem. Es gab mehrere damals, in der ehemaligen Artilleriekaserne, in den Reithoffer-Werken. Flüchtlinge von überall. Tausende, Zehntausende. Sie blieben für kurze Zeit, manche für länger, manche für immer. Das Mädchen war groß gewachsen und hatte lange, wunderschöne Zöpfe. Sie saß in der letzten Reihe links vor der tiefen Fensternische. Das Gebäude war ein ehemaliges Nonnenkloster, das nach der Säkularisierung durch Joseph II. in ein Gefängnis und eine Schule umgewidmet worden war. In diesem Stadtgefängnis saßen vor ’38 auch die „Illegalen“. Frauen, Mütter und Freunde durften Waschkörbe voll Essen und Trinken bringen. Ich weiß nicht, in welcher Muttersprache das Mädchen zu Hause war. Warum hab ich sie nicht gefragt? Sie lernte schnell Deutsch, war keine schlechte Schülerin. Mit gespreizten Fingern und einem langen Holzstäbchen kontrollierte die Lehrerin einmal wöchentlich unsere Köpfe. Läuse fand sie da und dort. Nie beim Flüchtlingsmädchen, das nach ein paar Monaten fortkam.

Vielleicht hat Marie in der Flüchtlingskantine auch für dieses Mädchen gekocht. Essen war das Wichtigste damals: suchen, auftreiben, hamstern, finden, bezahlen können, haben. Der „Joint" und die anderen amerikanischen Hilfsorganisationen brachten das Paradies: ein Päckchen Reis oder Kakao, eine Tafel Schokolade, eine Eisbombe. Reger Schleichhandel rund um das Lager in der Artilleriekaserne. Jeeps und lachende GIs mit Cappy: sie werfen Kaugummis unter die Kinder, Schlägerei und Glückseligkeit. Einmal zieht ein Flüchtlingstroß durch den Stadtteil, helle, langhörnige Rinder vor die Plachenkarren gespannt. Hat ein Bub plötzlich einen Laib Brot in der Hand? Er rennt, rennt im Zickzack wie um sein Leben, zwischen allen, allen hindurch: mit diesem einen Laib Brot.

Lukas war der Held unter seinen Spielkameraden. Er war reich wie kaum ein anderer, brachte eine Banane, eine Cola-Dose, ein Päckchen Kaugummi. Lukas mußte um fünf zu Hause sein, wenn die Mutter kam. Was er vorher tat, wußte sie und durfte er: mit den Freunden spielen. Völkerball, Fußball, Räuber und Gendarm. Was Marie aber nicht wußte, war, daß im Arbeiterstadtteil um das zerbombte Werk der Spielplatz der Kinder vor allem aus dem ganzen liegengebliebenen Rüstungsarsenal eines verlorenen Krieges bestand.

Wenn Kinder spielen, haben sie keine Angst. Versteckenspielen in den Schuttbergen. Ski- und Schlittenfahren in den Bombentrichtern. In den Wiesen sammeln sie Patronen. Einem reißt es die rechte Hand weg. Im Bischofswald zwischen den Wohnblocks bauen sie Lager aus Wrackteilen. Im Fluder des Ramingbaches tauchen sie zwischen den Blutegeln nach Panzerfäusten. Der Bach ist voll mit Gewehren, hastig weggeworfen auf einer Flucht irgendwohin, irgendwoweiter. Auf dem riesigen Parkplatz vor dem Wälzlagerwerk stehen verlassene Kanonen. Drei, vier Buben müssen drehen, damit sich das schwere, dicke Rohr bewegt. Wer den Mut hat, sitzt ganz oben, dem Himmel nahe, Schrei des Übermuts. Die kleineren Flakabwehrgeschütze lassen sich drehen wie ein Ringelspiel, das Lachen fliegt über den Platz. Hinten bei der Griemühl stehen die Autos, große und kleine Lastwagen, Jeeps und Truppentransporter. Herrenloses Gut. Die Bremsflüssigkeit leuchtet golden-braun im Licht und riecht nach irgendwas, wenn man sie ausläßt. Schmierige Hände, Flecken in den Hosen. Die Hupen lassen sich leicht ausbauen, Konzert der Gaudi. Auf den schmalen Verschub- und Stichgeleisen links der großen Wiese unter der Böschung der Haagerstraße stehen immer noch die Loren, leer oder voll mit Kies. Schwer sind sie in jedem Fall zum Bergaufschieben – oben die Bremse angezogen, ausgelassen und runter den Berg, schnell-schnell die kleinen Räder, locker in den Achsen bis zum Prellbock, wo's manchen noch von der Kante haut. Einer hat sich oben beim Start den Fuß abgequetscht, war nicht schnell genug ins laufende Wägelchen gekommen, einer verlor einen Finger beim Kippen.

Am Hauptgleis steht immer noch der Zug. Geplündert, was brauchbar war. Wer wollte wen zur Rechenschaft ziehen? Verloren und verlassen steht er da, Strandgut eines Rückzugsgebiets, unbeachtetes Zeugnis des Wahns.

Aber es ist noch genug da zum Spielen. Jede Menge Munition. Die großen Granaten sind kaum zu schleppen. Die kleineren lassen sich gut aufschlagen. Innen geleeartige Plättchen. Lunte und Krach! Halbwüchsige Sprengmeister im Versteck. Der Moment der Spannung und dann die Erlösung. Gewehrpatronenaufschlagen im Akkord. Wer hat mehr in welcher Zeit? Spitzer Stein oder Eisenstück und peng, peng, peng, hinunter den Spitz! Die Beine gegrätscht, den Kopf tief drübergebeugt. Das Messing glänzt. Die Spitze ist schwarz und bleihaltig. Das Granulat rinnt heraus. Die nächste Patrone. Und die nächste. Man greift einfach in die Erde. Das Messing glänzt. Die Handgranate ist nicht zu sehen. Der Funke springt. In der Explosion fällt Lukas vornüber. Er ist auf der Stelle tot.

Eine Woche später wurde Marie gefunden. Sie lehnte zusammengekrümmt an einer Seite der Kapelle der Gehängten unter der großen Linde. Sie hatte Zyankali genommen, die Kapsel aus der NS-Zeit lag neben ihr. Das Blut ihrer geöffneten Pulsadern rann in die Wiesen am roten Teich.

Als Mahnmal steht die weiße Kapelle über den Hängen, über den Verhängnissen der Talschaft. Sie erinnert an die protestantischen Anführer Filzmooser, Eckhart und Michl vom Hof, die nach der Niederschlagung des Bauernaufstandes von 1597 gehängt und deren Höfe niedergebrannt wurden. Ihre Namen sind auf die gekalkte Wand geschrieben.

Kein Wort erinnert an die junge Frau, die ihren Liebsten hängen sah und sich erstach zu seinen Füßen, sich und ihr Neugeborenes. Ihr Schicksal gab dem Teich die Farbe.

Die Höfe wurden wieder aufgebaut. Sie tragen heute noch die ursprünglichen Namen. Die östlich der Kapelle stehende Linde, die Richtstätte war, ist ein gewaltiger Baum. Sechs bis sieben Menschen würde es wohl brauchen, um ihren Stamm zu umfassen. Eine hellgrüne Plakette „Naturdenkmal" mit dem Wappen des Landes ist in ihre Rinde getrieben.

Die Rinde ist eine eigene Landschaft, hat Gräben und Wege, Hügel und Bewuchs. Sie hat sich Zöpfe geflochten wie die Mädchen der Gegend, wie die Strickmuster der Bäurinnen. Eine verwitterte Bank umgibt ringförmig die baumdicken Wurzeln. Rundum junge Linden.

In der gewachsenen Schlinge eines starken Astes stecken drei Stöcke. Sie sind glatt und ohne Rinde und kreisen sanft im

Aprilschneewind des Jahres 1998. Sie weisen nach Osten, Westen und Süden.

Die Flocken schmelzen im Wurzelmoos. Die Feuchtigkeit sickert in den Stamm. Inmitten einer alten Schnittstelle, an der die Hälfte des Baumes fiel, klafft ein tiefer Riß.

Wenn man die Linde am Stamm entlang hinaufblickt, scheinen ihre Zweige den Himmel zu berühren. Im Herbst treibt der Sturm ihre Blätter weithin über die Wiesen. Manche sinken ins Wasser der Roten Lackn.

Dank

Ich danke allen, die mir bei der Entstehung des Buches mit Informationen und Gesprächen geholfen haben: den Schwestern der „Töchter der christlichen Liebe", Hannes Haydl, Richard Pils, Erna Kletzmair, Christa Gürtler, Ludwig Hartinger und Maria Reitter.

Brita Steinwendtner

Brita Steinwendtner

Geboren 1942 in Wels, OÖ. Aufgewachsen in Hinterstoder und Steyr. Studium der Geschichte, Germanistik und Philosophie in Wien und Paris. Seit 1973 freie Mitarbeiterin des ORF und verschiedener ausländischer Rundfunkanstalten. Hörbilder und TV-Filme/Autorenportraits (u.a. über H.C.Artmann, Ilse Aichinger, Julian Schutting, Bodo Hell, Theodor Kramer). Mehrere Preise. Wissenschaftliche Publikationen und Veröffentlichungen in Literaturzeitschriften. Leiterin der Rauriser Literaturtage. Lebt in Salzburg. „Rote Lackn" ist ihre erste Prosa-Veröffentlichung.